登《とう》場《じょう》人《じん》物《ぶつ》紹《しょう》介《かい》

木絵《きえ》の頭《あたま》の中《なか》…

P.51

光正《みつまさ》さんに
潜入捜査《せんにゅうそうさ》を
させたり…

P.93

100年《ねん》さかのぼって
かけおちしたり…

P.39

高台家三兄妹弟《こうだいけさんきょうだい》を
吸血鬼《きゅうけつき》にしたり…

平《ひら》野《の》木《き》絵《え》

奇想天外《きそうてんがい》でユニークな妄想《もうそう》が趣《しゅ》味《み》の地味《じみ》めＯＬ《オーエル》。平凡《へいぼん》な性格《せいかく》で、ぼーっとしているが、光正《みつまさ》にアプローチされてつきあうことに。

高《こう》台《だい》光《みつ》正《まさ》

名門家系《めいもんかけい》・高台家《こうだいけ》を継《つ》ぐ長男《ちょうなん》で、エリートサラリーマン。人《ひと》の心《こころ》を読《よ》めるテレパシー能力《のうりょく》を持《も》ち、木絵《きえ》の妄想《もうそう》と人柄《ひとがら》に

茂《しげ》子《こ》

光正《みつまさ》の妹《いもうと》。光正《みつまさ》と同《おな》じくテレパシー能力《のうりょく》を持《も》つ。見《み》かけによらず臆病《おくびょう》な性格《せいかく》。

三兄妹弟《さんきょうだい》の末《すえ》っ子《こ》。テレパシー能力《のうりょく》を持《も》つ。ひねくれ者《もの》で、ちょっと意地悪《いじわる》。

高《こう》台《だい》家《け》三《さん》兄妹弟《きょうだい》

高台家《こうだいけ》父母《ふぼ》&若《わか》かりしころの祖父母《そふぼ》

由布子《ゆうこ》

光正《みつまさ》たちの母《はは》。自分《じぶん》の信念《しんねん》を強《つよ》く持《も》っていて、思《おも》ったことをすべて口《くち》にする。

茂正《しげまさ》jr.《ジュニア》

光正《みつまさ》たちの父《ちち》。人一倍鈍感《ひといちばいどんかん》で、空気《くうき》を読《よ》まない天真《てんしん》爛漫《らんまん》な性格《せいかく》。通称《つうしょう》・マサオ。

茂正《しげまさ》

光正《みつまさ》たちの祖父《そふ》。イギリス留学中《りゅうがくちゅう》にアンと出会《であ》い、情《じょう》熱的《ねつてき》なアプローチを受《う》けて結婚《けっこん》。

アン

光正《みつまさ》たちの祖母《そぼ》。テレパシー能力《のうりょく》を持《も》つ。三兄妹弟《さんきょうだい》にとって生《い》きる道《みち》しるべ的存在《てきそんざい》。

岸本浩平《きしもとこうへい》

茂子《しげこ》の大学時代《だいがくじだい》の同級生《どうきゅうせい》。大学院進学後《だいがくいんしんがくご》も、茂子《しげこ》と友《とも》だち関係《かんけい》を続《つづ》けている。

斎藤純《さいとうじゅん》

茂子《しげこ》の高校時代《こうこうじだい》の同級生《どうきゅうせい》。父親《ちちおや》の跡《あと》を継《つ》ぎ、獣医《じゅうい》に。光正《みつまさ》に10年間片思《ねんかんかたおも》い中《ちゅう》。

高台家の人々

映画ノベライズ　みらい文庫版

森本梢子・原作
百瀬しのぶ・著
金子ありさ・脚本

集英社みらい文庫

目次《もくじ》

一九五八年《ねん》、イギリス、ロンドン。

アン・ペドラーという、それはそれは美《うつく》しい伯爵令嬢《はくしゃくれいじょう》がいた。

彼女《かのじょ》は、日本人留学生《にほんじんりゅうがくせい》、高台茂正《こうだいしげまさ》に出会《であ》い、恋《こい》におちた。なぜなら、茂正《しげまさ》の心《こころ》はやさしさにあふれていることを、アンは知《し》っていたから。

アンには、ふつうの人《ひと》にはちょっと信《しん》じられない、不思議《ふしぎ》な能力《のうりょく》がそなわっていた。

それは、人《ひと》の心《こころ》を読《よ》める力《ちから》。

その力《ちから》は後《のち》に高台家《こうだいけ》の三人《にん》の孫《まご》に受《う》け継《つ》がれた。

そしていま、ピュアでせつなくて……、
ちょっぴり不器用《ぶきよう》な、新《あたら》しい恋《こい》がはじまる。

1

木絵《きえ》、王子《おうじ》さまと出会《であ》う

木絵《きえ》

風邪《かぜ》をこじらせて、四日間《よっかかん》会社《かいしゃ》を休《やす》んだ。

そして今朝《けさ》。熱《ねつ》を測《はか》ると平熱《へいねつ》にさがっていた。行《い》こうと思《おも》えば行《い》ける。でも……。

さぼり癖《ぐせ》がついて心底《しんそこ》行《い》きたくなかったので、休《やす》むことにした。

あーあ、退屈《たいくつ》だな。

しきっぱなしの布団《ふとん》でゴロゴロしながらつぶやいたのは、まだ高台家《こうだいけ》とは縁《えん》もゆかりもないアラサー女子《じょし》、平野木絵《ひらのきえ》。

地方《ちほう》のごくふつうの家庭《かてい》で育《そだ》ち、ごくごく一般的《いっぱんてき》な女子大《じょしだい》を卒業《そつぎょう》。いまは一般職《いっぱんしょく》の……

どちらかといえば、いや、かなり地味《じみ》めのＯＬ《オーエル》、三十歳《じゅっさい》。

お給料《きゅうりょう》にふさわしい、東京近郊《とうきょうきんこう》のワンルームアパートに住《す》んでいる。

そんな木絵《きえ》のちょっと変《か》わったところといえば、空想癖《くうそうへき》。というより、妄想癖《もうそうへき》。

病《や》みあがりでぼんやりしているというのに、いますでに、木絵《きえ》の頭《あたま》の中《なか》では妄想《もうそう》の世《せ》界《かい》が繰《く》りひろげられていた。

☆★☆

出社《しゅっしゃ》すると、うちの会社《かいしゃ》が入《はい》っているビルは謎《なぞ》の集団《しゅうだん》に占拠《せんきょ》されていて、なんと機能停《きのうてい》止《し》に！

謎《なぞ》の集団《しゅうだん》が、ビルをぐるりと取《と》りかこんでいる。いまはじっとしているけど、いつ襲《おそ》いかかってくるかわからない。会社《かいしゃ》に近《ちか》づきたくても近《ちか》づけない。

そう。行《い》かれないのは私《わたし》のせいじゃない。この集団《しゅうだん》のせいだ！

☆★☆

むっくりと起《お》きあがると、木絵《きえ》は机《つくえ》のひきだしから紙《かみ》とペンを取《と》りだした。

ええと。

ソファでいまの妄想《もうそう》ワールドを絵《え》にしてみる。

シルクハットをかぶって、口《くち》ひげのあるちょっと悪《わる》そうな謎《なぞ》の集団《しゅうだん》が、笑顔《えがお》をうかべている。

先頭《せんとう》にリーダー、そのうしろに扇形《おうぎがた》にならぶ手下《てした》たち。最初《さいしょ》の数人《すうにん》はていねい。その他《た》おおぜいはだんだん適当《てきとう》に。これが木絵《きえ》の絵《え》の特徴《とくちょう》だ。

昔《むかし》は、絵本作家《えほんさっか》になりたいなんていう夢《ゆめ》もあった。その証拠《しょうこ》に……なのか、部屋《へや》の本棚《ほんだな》には漫画《まんが》がぎっしり。でも……。こんなに飽《あ》きっぽいのではとてもその夢《ゆめ》は果《は》たせそうにない。

とはいえ絵《え》を描《か》くのは楽《たの》しくてたまらない。妄想《もうそう》の源《みなもと》だ。ふふふ、と笑《わら》って、そのまま絵《え》を描《か》きつづけた。


次《つぎ》の週《しゅう》。

出社《しゅっしゃ》すると、なんだか社内《しゃない》の雰囲気《ふんいき》がちがっていた。女子社員《じょししゃいん》たちの髪形《かみがた》やメイクが、いつもより気合《きあい》が入《はい》ってる？　リップグロスもつやつやピカピカしてる？　会社全体《かいしゃぜんたい》がなんとなく色《いろ》めき立《た》ってる？　ていうか、みんな出社《しゅっしゃ》がいつもより早《はや》くない？

制服《せいふく》に着替《きが》えて、おはようございます、と総務部《そうむぶ》のデスクに着《つ》くと。

「おはよう、木絵《きえ》ちゃん」

ねえねえ知《し》ってる？　と、となりの席《せき》の阿部弓子《あべゆみこ》が身《み》を乗《の》りだしてきた。弓子《ゆみこ》は出産後《しゅっさんご》も働《はたら》きつづけている、木絵《きえ》よりいくつか先輩《せんぱい》のママさん社員《しゃいん》。人《ひと》がよさそうな印象《いんしょう》で、社内《しゃない》の情報通《じょうほうつう》だ。

「知《し》らないよね、休《やす》んでたんだから。高台家《こうだいけ》の王子《おうじ》さま」

弓子《ゆみこ》の目《め》がきらん、と光《ひか》る。

「王子《おうじ》さま？」

「高台光正《こうだいみつまさ》さま。ニューヨーク支社《ししゃ》から来《き》たばかり。高台家《こうだいけ》って元華族《もとかぞく》で、不動産《ふどうさん》や保険《ほけん》会社《がいしゃ》やらいくつも関連会社《かんれんがいしゃ》を持《も》つ名門《めいもん》で……その長男《ちょうなん》、高台王子《こうだいおうじ》は東大卒《とうだいそつ》、オックスフォードに留学《りゅうがく》。おばあさまはイギリス人《じん》でクォーターって噂《うわさ》」

「……へえ」

現実《げんじつ》にそんな人《ひと》がいるなんて。まだあまり頭《あたま》がはっきりしていないせいか、ぼーっとして聞《き》いていると……。部署内《ぶしょない》にいた女子社員《じょししゃいん》たちがいっせいに入《い》り口《ぐち》をふりかえった。

「……あれよ、あのお方《かた》！」

弓子《ゆみこ》にいわれなくても、さすがに鈍感《どんかん》な木絵《きえ》でもすぐにわかった。これまでの人生《じんせい》で見《み》たことがなかったほどの美《うつく》しい男性《だんせい》が、キラキラオーラをまとって歩《ある》いてくる。

その男性《だんせい》は立《た》ちどまり、室内《しつない》を見《み》まわした。肩幅《かたはば》がほどよく広《ひろ》く、すらりとしたスタイルで高級《こうきゅう》そうなスーツを着《き》こなしていた。そしてなにより目立《めだ》ったのは、ブルーのその瞳《ひとみ》。

ほえ〜。

思《おも》わずマヌケな声《こえ》がもれそうになる。

「平野《ひらの》さん、これ大至急《だいしきゅう》！　百五十部《ひゃくぶ》ね」

と、そこで課長《かちょう》の脇田実《わきたみのる》に呼《よ》びつけられた。

脇田《わきた》のほうを見《み》ると、さっきまで見《み》とれていた男性《だんせい》とのルックスの落差《らくさ》がものすごい。

なにしろ脇田《わきた》はまん丸顔《まるがお》に思《おも》いきり中年体型《ちゅうねんたいけい》なのだ。

とはいえ木絵《きえ》にとってそれはむしろ好都合《こうつごう》だった。妄想《もうそう》にでてくる妖怪《ようかい》や悪役《あくやく》にぴったりなので、いつも脇田《わきた》につとめてもらっている。出演料《しゅつえんりょう》を払《はら》わないといけないぐらいだ。

「はい」

木絵《きえ》は資料《しりょう》を受《う》け取《と》って、コピー機《き》にむかった。

光正《みつまさ》

光正《みつまさ》は脇田《わきた》の席《せき》へとむかっていた。

(あれが噂《うわさ》の高台《こうだい》さまね)

(フン、あいつか、気《き》にいらない)

(高台《こうだい》さん、超《ちょう》イケメン〜)

うーん、面倒《めんどう》くさい。

自分《じぶん》を見《み》つめたりにらみつけてくる社員《しゃいん》たちの〝心《こころ》の声《こえ》〟が、いっせいに光正《みつまさ》をおそう。

そう、光正《みつまさ》は、人《ひと》の心《こころ》が読《よ》めるテレパシー能力《のうりょく》を持《も》っている。生《う》まれつき持《も》ちあわせた能力《のうりょく》とはいえ、飛《と》びこんできてしまう周囲《しゅうい》の雑音《ざつおん》をさえぎるのはなかなか重労働《じゅうろうどう》だ。

「海外事業企画部《かいがいじぎょうきかくぶ》の高台《こうだい》です」

脇田《わきた》に挨拶《あいさつ》をした。

「ああ、ひき継《つ》ぎの件《けん》ですね、聞《き》いております」

（来《き》た来《き》た、お坊《ぼっ》ちゃま。いまのうち取《と》りいっておこう）

光正《みつまさ》には、脇田《わきた》が表面的《ひょうめんてき》な笑顔《えがお》をうかべて口《くち》にする言葉《ことば》と同時《どうじ》に、心《こころ》の声《こえ》が聞《き》こえてくるけれど……とりあえず微笑《ほほえ》みをうかべて、よろしくお願《ねが》いします、と頭《あたま》をさげた。

木絵《きえ》

コピーを取《と》りながら、木絵《きえ》は王子《おうじ》を見《み》ていた。

「へえ、すごいですねえ……へえ」

王子《おうじ》と脇田《わきた》の身長《しんちょう》は頭一個分《あたまいっこぶん》もちがう。本当《ほんとう》に王子《おうじ》はスタイルからなにから完璧《かんぺき》だ。

「へえへえいってないで、木絵《きえ》ちゃんも負《ま》けずにお近《ちか》づきになったら？　王子《おうじ》、独身《どくしん》だって」

コピー機《き》のそばまで来《き》た弓子《ゆみこ》に、肩《かた》をつかまれた。

「いやー、もう別世界《べっせかい》の人《ひと》っていうか。オックスフォードっていわれても……」

コピーを取《と》りながら木絵《きえ》はいきなり妄想《もうそう》の世界《せかい》のイギリスに飛《と》んだ。

☆★☆

イギリスっていうと……赤《あか》い上着《うわぎ》に銃《じゅう》をかまえ、頭《あたま》には熊《くま》の毛皮《けがわ》の黒《くろ》い帽子《ぼうし》をかぶっているイギリス近衛兵《このえへい》。

あとは、チェック柄《がら》で前後《ぜんご》にひさしのある帽子《ぼうし》、同《おな》じ柄《がら》の丈長《たけなが》コートを着《き》たシャーロック・ホームズ。

んー、でもコレだ。コレが似合《にあ》いそう。

王室騎兵隊《おうしつきへいたい》！

高台王子《こうだいおうじ》のすらりとした首《くび》には詰襟《つめえり》の上着《うわぎ》が映《は》える。シングルボタンがずらりとならぶその清潔《せいけつ》さも、うっとりするほど。

実《じつ》をいうと彼《かれ》は……王位《おうい》をめぐる陰謀《いんぼう》に巻《ま》きこまれた王子《おうじ》。

「おのれ、ドダリー卿《きょう》」

「王子《おうじ》、消《き》えていただきましょう」

騎兵隊《きへいたい》の高台王子《こうだいおうじ》の前《まえ》に、悪《あく》の組織《そしき》を率《ひき》いるドダリー卿《きょう》が登場《とうじょう》した。このドダリー卿《きょう》、私《わたし》の妄想《もうそう》の世界《せかい》にひんぱんに登場《とうじょう》する。例《れい》の、会社《かいしゃ》を占拠《せんきょ》した謎《なぞ》の集団《しゅうだん》をひきつれた悪役《あくやく》だ。

ドダリー卿《きょう》は、片方《かたほう》の眉《まゆ》を吊《つ》りあげて王子《おうじ》をにらみつけている。爵位《しゃくい》は非常《ひじょう》に高《たか》いこの男《おとこ》、王子《おうじ》の命《いのち》を狙《ねら》っていた。王子《おうじ》は命《いのち》からがら日本《にほん》に逃《のが》れてきたにもかかわらず、ドダリー卿《きょう》はしつこく追《お》ってきたのだ。そして素早《すばや》く銃《じゅう》を取《と》りだした。

ガガガガガッ。

ついに激《はげ》しい銃撃戦《じゅうげきせん》がはじまった！

王子《おうじ》は素早《すばや》く剣《けん》を抜《ぬ》き、すべての銃弾《じゅうだん》を剣《けん》ではじきかえす。

☆★☆

なんてステキ……。妄想《もうそう》してぼーっとしていると……。

現実《げんじつ》の世界《せかい》の王子《おうじ》がこっちを見《み》てクスッと笑《わら》っていた。

わ、わあ。

その美《うつく》しさに驚《おどろ》いた拍子《ひょうし》に、コピーがトレイからあふれだした。

あわてて拾《ひろ》おうとしたら、それより早《はや》く王子《おうじ》が拾《ひろ》ってくれている。髪《かみ》がサラサラで、いい香《かお》りで……。

うっとりしていると、はい、と王子《おうじ》にコピーの束《たば》をさしだされた。笑顔《えがお》も端正《たんせい》で、ブルーの瞳《ひとみ》が深《ふか》く澄《す》んでいて……。受《う》け取《と》りながら、心臓《しんぞう》がバクバクしていた。

王子《おうじ》はやさしい微笑《ほほえ》みをのこして行《い》ってしまったけど、木絵《きえ》は受《う》け取《と》った体勢《たいせい》のまま動《うご》けずにいた。

「木絵《きえ》ちゃん」

背後《はいご》から、弓子《ゆみこ》が小声《こごえ》でささやいている。「脇田課長《わきたかちょう》がゾッとするほどヤな顔《かお》でにらんでるよ」

げっ。

脇田《わきた》はいつもの丸《まる》い顔《かお》をさらにまん丸《まる》にふくらませ、こちらをにらみつけていた。

木絵《きえ》はあわてて、ちらかったコピー用紙《ようし》を片《かた》づけた。その間《あいだ》も総務部《そうむぶ》をでていく王子《おうじ》の背中《せなか》をチラチラと盗《ぬす》み見《み》ながら……。

その日《ひ》の会社《かいしゃ》の帰《かえ》り、木絵《きえ》はよく行《い》く牛丼屋《ぎゅうどんや》さんで、注文《ちゅうもん》が来《く》るのを待《ま》っていた。すると、目《め》の前《まえ》で働《はたら》いている店員《てんいん》がだんだん、王子《おうじ》に見《み》えてきた。

牛丼屋《ぎゅうどんや》さんの制服姿《せいふくすがた》の王子《おうじ》が、にこやかにどんぶりをさしだしてくる。

☆★☆

「姫《ひめ》。つゆだくねぎ多《おお》めだったよね。それと、生卵《なまたまご》」

制服《せいふく》の紙《かみ》の帽子《ぼうし》も、王子《おうじ》がかぶると高貴《こうき》な帽子《ぼうし》のよう。

☆★☆

その気高《けだか》くさわやかな微笑《ほほえ》みにうっとりしていると、

「つゆだくねぎ多《おお》め、お待《ま》ちー」

いつもの店員《てんいん》がぶっきらぼうにどんぶりを置《お》いた。木絵《きえ》は現実《げんじつ》にもどる。

（……人《ひと》と話《はな》すのが苦手《にがて》で一人《ひとり》でいることが多《おお》かったせいか、なにかにつけてすぐ妄想《もうそう》するクセが）

そんな自分《じぶん》の目《め》の前《まえ》に王子《おうじ》のような人《ひと》が現《あらわ》れたら、さらにこのクセがエスカレートするばかり……。

困《こま》った困《こま》った、と思《おも》いつつ、いただきます、と、牛丼《ぎゅうどん》を食《た》べはじめた。

店《みせ》をでて駅《えき》までの道《みち》を歩《ある》いていると、突然《とつぜん》、雨《あめ》が降《ふ》ってきた。

ひゃあ……。

近《ちか》くのアンティークショップの軒先《のきさき》に飛《と》びこんだ。今朝《けさ》のテレビの天気予報《てんきよほう》だと雨《あめ》の確《かく》率《りつ》0パーセントだったから、傘《かさ》は持《も》ってこなかったのに。

（どうしようかなあ。このまま駅《えき》まで走《はし》るしかないかなあ）

そんなことを思《おも》ってると、バタバタバタ、と、カップルがすぐとなりに飛《と》びこんできた。

男性《だんせい》はカバンからハンカチを取《と》りだして、恋人《こいびと》のぬれた髪《かみ》をふいてあげている。

（なんだかとってもしあわせそう。やさしい恋人《こいびと》、いいなあ……）

木絵《きえ》はその様子《ようす》をぼんやりと見《み》つめていた。

そんな雨《あめ》の夜《よる》から数日後《すうじつご》。

木絵《きえ》は社内《しゃない》の廊下《ろうか》をバタバタと走《はし》っていた。

あああ、待《ま》って……！

エレベーターが閉《し》まっちゃう！

両腕《りょううで》には資料《しりょう》の山《やま》。閉《し》まりかけのドアをこじあけようと体《からだ》ごと飛《と》びこんでいくと……中《なか》に乗《の》っていた人《ひと》がパッと押《お》さえてくれた。

「ありがとうございます……」

「何階《なんかい》ですか？」

「あ、七階《かい》で……」

答《こた》えながら顔《かお》を見《み》ると……。

（おお！　高台《こうだい》なんとかさまだ！）

このせまい空間《くうかん》に、二人《ふたり》きり。

王子《おうじ》は今日《きょう》もセンスがよくて、清潔《せいけつ》で、質《しつ》のよさそうなスーツを着《き》こなしている。

（……なんだか緊張《きんちょう》するな）

王子《おうじ》が赴任《ふにん》してきてからというもの、女子社員《じょししゃいん》たちはこれでもか！　というほどオンナをみがいて王子《おうじ》にアピールしている。

自分《じぶん》は王子獲得《おうじかくとく》を最初《さいしょ》からあきらめていたけれど、こんなふうに二人《ふたり》きりになるとやっぱりドキドキは抑《おさ》えられない。この心臓《しんぞう》の音《おと》を王子《おうじ》に聞《き》かれたら恥《は》ずかしい。

そう思《おも》ったら、いつのまにか息《いき》をとめてた。いや、せっかく近《ちか》くにいるんだから、息《いき》しなきゃ。せっかくこんなにいい香《かお》りなんだし。

（てか、どうしよう、エレベーターが突然《とつぜん》とまったりしたら……このビルはすでに占拠《せんきょ》されていて）

緊張《きんちょう》しながらも、木絵《きえ》は妄想《もうそう》の世界《せかい》のエレベーターに乗《の》りこんだ。

☆★☆

エレベーターのドアが開《ひら》くと、不敵《ふてき》な笑《え》みをうかべるドダリー卿《きょう》が立《た》っていた。エレベーターをとめたのは、もちろんこの男《おとこ》。

「逃《に》げられませんぞ、王子《おうじ》。もしもこいつを殺《ころ》されたくなかったら……」

ドダリー卿《きょう》が人質《ひとじち》に取《と》っているのは脇田《わきた》だ。

脇田《わきた》は頭《あたま》にピストルを突《つ》きつけられて怯《おび》えきっている。

「姫《ひめ》を渡《わた》せ！」

「姫《ひめ》？」

王子《おうじ》が首《くび》をかしげる。

「はい」

返事《へんじ》をしたのは私《わたし》。

私《わたし》は青《あお》いドレス姿《すがた》。頭《あたま》にはティアラもつけている。

「姫《ひめ》は渡《わた》せぬ」

すかさず王子《おうじ》が私《わたし》の手《て》をひき、背後《はいご》に隠《かく》す。

「でも課長《かちょう》が……」

私《わたし》は王子《おうじ》の背後《はいご》からひょこっと顔《かお》をだして、椅子《いす》に縛《しば》られている脇田《わきた》を見《み》た。

「しかたない、課長《かちょう》のことはあきらめよう」

王子《おうじ》はエレベーターの閉《し》まるボタンを押《お》した。

「え―――っ？」

脇田《わきた》は叫《さけ》んでいるけれど、エレベーターのドアは無情《むじょう》にも閉《し》まって……。

☆★☆

クスッ。

王子《おうじ》が笑《わら》ったのが聞《き》こえて、我《われ》に返《かえ》ったと同時《どうじ》にエレベーターのドアが開《ひら》く。

王子《おうじ》は冷静《れいせい》な表情《ひょうじょう》にもどり、こちらをふりかえった。

「着《つ》きましたよ、七階《かい》」

「どうも……」

ぺこりと会釈《えしゃく》をすると、もう一度《ど》王子《おうじ》が微笑《ほほえ》んでくれた。

黒髪《くろかみ》にブルーの瞳《ひとみ》。そして低《ひく》い声《こえ》。かっこよすぎる……。

でも、あれ、さっきなんで笑《わら》われたんだ？　まあ、そんなことどうでもいい。

二人《ふたり》でいた数秒間《すうびょうかん》と、最後《さいご》の笑顔《えがお》が嬉《うれ》しすぎて、廊下《ろうか》を歩《ある》きながらニヤニヤしてしまった。

それから数日《すうじつ》がたち……この日《ひ》も会社《かいしゃ》にむかいながら、ぼーっと歩《ある》き妄想《もうそう》していると、突然《とつぜん》うしろから腕《うで》をつかまれた。

「赤《あか》ですよ」

「……あ」

見《み》ると、たしかに赤信号《あかしんごう》を渡《わた》ろうとしていた。それよりも驚《おどろ》いたのは……。

(……高台《こうだい》なんとかさま!)

ふりかえると腕《うで》をつかんでいたのは、王子《おうじ》だった。

「おはよう、平野《ひらの》さん」

王子《おうじ》はやさしくつかんでいた腕《うで》をはなして、にこりと微笑《ほほえ》んでくる。

「……おはよう、ございます」

王子《おうじ》ったら低《ひく》い声《こえ》もステキで……もう、胸《むね》はドキドキだ。

「今朝《けさ》は冷《ひ》えますね」

「あ、は……」

お近《ちか》づきになるチャンスだというのに、言葉《ことば》がでてこない。それに……。

（いま、平野《ひらの》さんていった？　どうして私《わたし》の名前《なまえ》知《し》ってるの？　話《はな》したこともないのに？）

☆★☆

私《わたし》が王子《おうじ》のことをあれやこれや妄想《もうそう》してるって、まさかこんなヤツがいいつけた？

椅子《いす》に座《すわ》る、王室騎兵隊姿《おうしつきへいたいすがた》の王子《おうじ》に、背丈《せたけ》の小《ちい》さい、赤《あか》い三角帽《さんかくぼう》をかぶり、白《しろ》いふさふさのひげを持《も》つ謎《なぞ》の妖精《ようせい》が近《ちか》づいていく。

「あなたさまの正体《しょうたい》に気《き》づいている者《もの》がいるでゲス」

妖精《ようせい》が内緒話《ないしょばなし》のポーズを取《と》ると、肘《ひじ》かけに肘《ひじ》をついていた王子《おうじ》が、ちらりと顔《かお》をあげる。

王子《おうじ》が目《め》をあわせた妖精《ようせい》の顔《かお》は、脇田《わきた》だ。

王子《おうじ》もなになに？　と、耳《みみ》を貸《か》した。

「名前《なまえ》は平野《ひらの》。平凡《へいぼん》の〝平《へい》〟に野《の》グソの〝野《の》〟」

妖精《ようせい》は、可愛《かわ》いらしい見《み》た目《め》には似《に》つかわしくない、勝《か》ち誇《ほこ》ったような悪《わる》い顔《かお》をしていた。

☆★☆

「平野《ひらの》さん」

王子《おうじ》がクスッと笑《わら》いながらいう。

「はいっ！」

うわ、また笑《わら》われてる。ドキリとして顔《かお》をあげると、

「よかったら今度《こんど》、食事《しょくじ》でもしませんか？」

「……え？」

まるで知《し》らない国《くに》の言葉《ことば》で話《はな》しかけられたように、その意味《いみ》がわからなかった。しばらくグルグルと考《かんが》えて、ようやく理解《りかい》する。

(な、なんで私《わたし》なんかを？　高台《こうだい》なんとかさまが？)

「どうしてですか？」

率直《そっちょく》な気持《きも》ちが、口《くち》からでた。

「もし迷惑《めいわく》でなければ。それと……僕《ぼく》の下《した》の名前《なまえ》、光正《みつまさ》です」

王子《おうじ》……もとい光正《みつまさ》は微笑《ほほえ》んでいた。

こちらはといえば、あまりの驚《おどろ》きに無言《むごん》のままかたまっていた。その場《ば》にくずれおちないように、立《た》っているのがやっとだ。

(いまの、妄想《もうそう》じゃないよね？)

夢《ゆめ》でないかたしかめるために、ぎゅっと頬《ほお》をつねる。そんなお約束《やくそく》の行動《こうどう》を取《と》ってしまった。

「あ、信号変《しんごうか》わっちゃいますよ」

光正《みつまさ》が木絵《きえ》の背中《せなか》に手《て》をあてた。コート越《ご》しなのに、そのぬくもりが伝《つた》わってくるような気《き》がする。

木絵《きえ》は長《なが》い脚《あし》の王子《おうじ》にあわせて、急《いそ》ぎ足《あし》で横断歩道《おうだんほどう》を渡《わた》った。

さっそく翌日《よくじつ》の晩《ばん》、二人《ふたり》は食事《しょくじ》に行《い》った。

☆★☆

高級居酒屋《こうきゅういざかや》の個室《こしつ》で、二人《ふたり》はむかいあっている。

「今日《きょう》は祝杯《しゅくはい》」

黒《くろ》いスーツに身《み》を固《かた》めた私《わたし》は、光正《みつまさ》にむかってワイングラスをかかげた。ショートボブにきりりとした眼鏡《めがね》をかけた私《わたし》は、仕事《しごと》のできるキャリアウーマンだ。

「海外事業企画部《かいがいじぎょうきかくぶ》のほにゃ、ら、ら、らプロジェクト、史上最高益《しじょうさいこうえき》って聞《き》いたわよ。なんたらシャトーのワインで乾杯《かんぱい》しましょ」

「乾杯《かんぱい》」

微笑《ほほえ》む光正《みつまさ》と、私《わたし》はグラスをあわせた。

☆★☆

なんて、妄想《もうそう》しながら、木絵《きえ》は光正《みつまさ》と和食屋《わしょくや》でむかいあっていた。

二人《ふたり》きりで食事《しょくじ》だなんて夢《ゆめ》のよう。途端《とたん》に恥《は》ずかしくなってしまい、うつむいて料理《りょうり》に箸《はし》をつけた。

（だし巻《ま》き卵《たまご》、たのめばよかったかも）

気取《きど》った料理《りょうり》ばかりたのんじゃったけど、やっぱり大好物《だいこうぶつ》はだし巻《ま》き卵《たまご》だもんなあ。

そんなことを思《おも》っていると……。

「食《た》べる？　だし巻《ま》き卵《たまご》」

光正《みつまさ》がメニューを手《て》に、たずねてくる。

（え、なんで？　私《わたし》、声《こえ》にだしてた？）

驚《おどろ》きながらも、うなずく。

「好《す》きなんだ？」

「好《す》きです」

「僕《ぼく》も」

これはけっしてお互《たが》いのことをいってるわけじゃない。わかってる。

でも、まるで告白《こくはく》しあったみたいで、そのやりとりに心臓《しんぞう》は破裂《はれつ》しそう。恥《は》ずかしさを隠《かく》すために、またうつむいて黙々《もくもく》と食《た》べつづけた。

帰《かえ》り道《みち》、駅《えき》まで続《つづ》く道《みち》を歩《ある》いていると雨《あめ》がぱらつきだした。二人《ふたり》は急《いそ》いで、店《みせ》の軒先《のきさき》にかけこんだ。

(……あ)

数週間前《すうしゅうかんまえ》、雨宿《あまやど》りしていたカップルを思《おも》いだした。たしか光正《みつまさ》と初《はじ》めて会《あ》った日《ひ》の晩《ばん》だった。すごく仲《なか》よさそうで、自分《じぶん》にもいつかやさしい彼《かれ》ができたらいいな。そう思《おも》ったんだった。

と、光正《みつまさ》がカバンからハンカチを取《と》りだした。

スーツの肩《かた》をふくのかな、と思《おも》っていると、髪《かみ》をふいてくれている!

(え……? 私《わたし》の心《こころ》の声《こえ》が聞《き》こえたのかな。まさか、そんなわけないよね)

あまりに驚《おどろ》いて……でも、なによりも嬉《うれ》しくて、とろけてしまいそうだった。

それから何日《なんにち》たっても、あの日《ひ》、髪《かみ》をふいてくれた光正《みつまさ》のことを思《おも》いだしてはぼんやりとしていた。

「で? どうなの? 高台王子《こうだいおうじ》さまと」

となりの机《つくえ》から、弓子《ゆみこ》が声《こえ》をひそめてたずねてくる。「もう木絵《きえ》ちゃん、一気《いっき》に社内《しゃない》の噂《うわさ》の的《まと》よ」

弓子《ゆみこ》のいうとおり、木絵《きえ》が光正《みつまさ》に誘《さそ》われたことは、またたく間《ま》に社内《しゃない》の女子《じょし》たちに広《ひろ》まった。その後《ご》も光正《みつまさ》とは二人《ふたり》でお昼休《ひるやす》みをすごしたり、時間《じかん》があえば一緒《いっしょ》に帰《かえ》ったり。休日《きゅうじつ》もでかけたりする。

つまりこれって……つきあって……る？　ってこと？

「平野《ひらの》って誰《だれ》？　そんな人《ひと》いた？」「総務部《そうむぶ》の印象《いんしょう》うすい人《ひと》」「地味系《じみけい》だよね？」「美人《びじん》ってわけでもないし」「スタイル抜群《ばつぐん》ってわけでもないし」「あー納得《なっとく》できない！」

ここ数日《すうじつ》、女子社員《じょししゃいん》たちは給湯室《きゅうとうしつ》やトイレで噂《うわさ》していた。いつかなんてトイレの個室《こしつ》に自分《じぶん》がいることを知《し》らずに、外《そと》で数人《すうにん》が話《はな》していた。おかげでいつまでもでていけなかった。

でも、みんながそういいたくなるのもよくわかる。なにより、自分《じぶん》が一番信《ばんしん》じられないのだから。

嬉《うれ》しい。舞《ま》いあがりたい。万歳《ばんざい》しながら会社《かいしゃ》の廊下《ろうか》をかけまわりたい。

そんな気持《きも》ちの反面《はんめん》「なんで光正《みつまさ》さんが自分《じぶん》なんかを？」と首《くび》をかしげまくっている。ルックスはもちろん、生《う》まれも育《そだ》ちもなにもかも、どう考《かんが》えてもふさわしくない……と、冷静《れいせい》に思《おも》う。

カッコよくてやさしい彼《かれ》がほしいとは思《おも》ってたけど、まさかあそこまで……。

「私《わたし》は見《み》る目《め》あると思《おも》うけどね、高台王子《こうだいおうじ》さま」

弓子《ゆみこ》がいう。「何年《なんねん》も机《つくえ》ならべてるからね。木絵《きえ》ちゃんってわかりにくいけど、根《ね》は明《あか》るくてやさしいの、知《し》ってるよ。自分《じぶん》のこともほとんど話《はな》さないけど、他人《たにん》の陰口《かげぐち》も絶対《ぜったい》いわないしね」

「弓子《ゆみこ》さん……」

「ほめすぎかぁ？」

「でも。きっとすぐだめになります」

木絵《きえ》は悟《さと》りきった口調《くちょう》でいった。「私《わたし》……話《はな》すの苦手《にがて》で。イライラされるんです。過去《かこ》にそういうことあって」

これまで何度《なんど》か男性《だんせい》とうまくいきかけたこともある。でもたいてい、きみってなに考《かんが》えてるかわからない……そんなふうに相手《あいて》が去《さ》っていく。

「あー暗《くら》い！」弓子《ゆみこ》が首《くび》をふる。「そういうとこ、ホントだめね。つまんなそうなの？高台王子《こうだいおうじ》」

え……。光正《みつまさ》と会《あ》っていたときのことを思《おも》いだしてみる。

光正《みつまさ》はいつもやさしそうな顔《かお》で微笑《ほほえ》んでいて、時々《ときどき》クスッと吹《ふ》きだしたり、こっちの話《はなし》にノッてきてくれたりするし、その話《はなし》をうまくまとめられなくても光正《みつまさ》がもりあげてくれたり……。

「それが……ずっと笑《わら》っててくれて。つまんなそうな顔《かお》は、一度《ど》もしないでいてくれるから、とってもしあわせ……なんだけど。」

ひとつだけ気《き》になることが、ある……。

休日《きゅうじつ》、木絵《きえ》と光正《みつまさ》は公園《こうえん》にあるカフェでお茶《ちゃ》をしていた。

冬《ふゆ》の空《そら》はものすごく青《あお》くて、ふわふわと白《しろ》い雲《くも》がうかんでいる。

（……あの雲《くも》、気持《きも》ちよさそう）

空《そら》を見《み》あげながら、ポカンと口《くち》を開《あ》けてしまう。

(乗《の》ってみたい……)

「乗《の》れそうだね、あの雲《くも》」

光正《みつまさ》がとなりで、ふとつぶやく。

え？　また偶然《ぐうぜん》同《おな》じことを……あまりにも多《おお》すぎない？

「……あの」

思《おも》いきってたずねることにした。

「光正《みつまさ》さんて、人《ひと》の考《かんが》えてることがわかるの？」

「え、なにそれ？　テレパスってこと？」

「……なわけないよね。ごめんなさい」

(なにいってるの、私《わたし》。私《わたし》こそヘンな女《おんな》だと思《おも》われちゃう)

「……でも。もしそんなことができたら、不幸《ふこう》だよね」

光正《みつまさ》は目《め》を伏《ふ》せた。

「どうして？　すごい便利《べんり》だと思《おも》うけど」

「他人《たにん》の本音《ほんね》なんて知《し》らないほうがいい。きっと人《ひと》と深《ふか》くかかわるの怖《こわ》くなるよ……たぶん」

「そうかな？」

自分《じぶん》みたいなぼんやりした鈍感《どんかん》な人間《にんげん》からすると、便利《べんり》に思《おも》えるけど……。

「じゃあ、もしテレパスが身近《みぢか》にいたら？　親《した》しくなりたいと思《おも》う？」

え、身近《みぢか》に？　うーん、としばらく考《かんが》えてみた。自分《じぶん》が普段《ふだん》考《かんが》えている妖精《ようせい》やらドダリー卿《きょう》やらがでてくる妄想《もうそう》も、全部《ぜんぶ》読《よ》まれてしまうわけで……。

(あんなバカな妄想《もうそう》、全部《ぜんぶ》読《よ》まれたら恥《は》ずかしくて死《し》んじゃう！)

「絶対《ぜったい》、やだ！」

木絵《きえ》は思《おも》いきり否定《ひてい》した。

「……だよね」

光正《みつまさ》は表情《ひょうじょう》を曇《くも》らせ、空《そら》を見《み》あげた。

(どうしたんだろう、そんな顔《かお》して……。こんなに完璧《かんぺき》な人《ひと》でも、悩《なや》むことがあるんだな)

空《そら》のまぶしさに目《め》を細《ほそ》めながら、光正《みつまさ》は小《ちい》さくため息《いき》をついていた。

「あっちに広《ひろ》い芝生《しばふ》のコーナーがあるんだよ」

そのあとすぐ、明《あか》るい顔《かお》で立《た》ちあがった光正《みつまさ》に手《て》を取《と》られた。

あ……。

うつむいて、光正《みつまさ》の数歩《すうほ》あとについていく。しばらく行《い》くと、芝生《しばふ》エリアが広《ひろ》がっていた。家族《かぞく》づれやカップルでにぎわう中《なか》、二人《ふたり》はあいていたスペースに腰《こし》をおろした。

「見《み》て、あの雲《くも》……」

メロンパンみたいなかたちの雲《くも》を見《み》つけてとなりを見《み》ると、光正《みつまさ》は寝転《ねころ》んでいた。

そういえば寝顔《ねがお》って見《み》たことないな。なんだかちょっと可愛《かわい》いかも。

思《おも》わずフフ、と微笑《ほほえ》んでしまう。こんなふうに眠《ねむ》っているときなら気持《きも》ちを素直《すなお》に伝《つた》えられそう。自分《じぶん》の考《かんが》えていることを読《よ》まれたら絶対《ぜったい》やだ、なんていったけど、

(……でも光正《みつまさ》さんなら、考《かんが》えるだけで気持《きも》ちが伝《つた》わったらちょっといいかも)

そんなことを、ふと思《おも》ったりもする。

(私《わたし》、いいたいことなかなかいえないし……こんなに好《す》きなのに。「好《す》きです」なんて、何年《なんねん》たってもいえそうにない。でも、頭《あたま》の中《なか》でなら大声《おおごえ》で叫《さけ》べる)

木絵《きえ》は光正《みつまさ》の寝顔《ねがお》を見《み》つめながら、妄想《もうそう》の世界《せかい》の森《もり》に分《わ》けいっていった。

☆★☆

木《き》が生《お》い茂《しげ》る森《もり》の中《なか》にひょっこり現《あらわ》れた私《わたし》。

まわりに誰《だれ》もいないことをたしかめて……。

「好《す》きで――す！」

私《わたし》は誰《だれ》にも遠慮《えんりょ》しないで、思《おも》いっきり大《おお》きな声《こえ》で叫《さけ》んだ。「好《す》きです！　大好《だいす》きです！」

するとどこからか謎《なぞ》の妖精《ようせい》が現《あらわ》れた。もちろん顔《かお》は、脇田《わきた》だ。

「ごめんなさいでゲス」

妖精《ようせい》が申《もう》し訳《わけ》なさそうにいう。

え、私《わたし》、フラれた？　……って、

「おまえじゃないっ！」

私《わたし》は木《き》の枝《えだ》で、バコ――――ン！　と妖精《ようせい》をぶっ飛《と》ばした。

☆★☆

（なんて。またバカなこと妄想《もうそう》しちゃった）

ごろん、と光正《みつまさ》の横《よこ》に寝《ね》そべった。

と、寝《ね》ていると思《おも》った光正《みつまさ》が、ふいに目《め》を開《あ》けてこちらを見《み》た。

「木絵《きえ》、僕《ぼく》も」

「えっ？」

僕《ぼく》もって……好《す》きです……って、こと？

すぐ近《ちか》くに、光正《みつまさ》の顔《かお》がある。二人《ふたり》の顔《かお》の距離《きょり》は、いままでで一番近《ばんちか》いかもしれない。

動揺《どうよう》してるし、なにより恥《は》ずかしいけど、目《め》をそらすことはできなくて……。

（……なに、この奇跡《きせき》）

二人《ふたり》は芝生《しばふ》の上《うえ》で見《み》つめあったままだった。


数週間後《すうしゅうかんご》。

（うわあ……。これって、どこかの国《くに》の大使館《たいしかん》？）

初《はじ》めてつれてこられた光正《みつまさ》の自宅《じたく》は、鎌倉《かまくら》のお屋敷街《やしきがい》の中《なか》でもひときわ目《め》をひく豪邸《ごうてい》だ。光正《みつまさ》に関《かん》してはこれまでだって驚《おどろ》くことだらけだったけど……。想像《そうぞう》をはるかに超《こ》えていた。

（ああ、セールで買《か》ったワンピースなんて着《き》てこなけりゃよかった。もっと高《たか》いブランドもののワンピースにすればよかった……って、ブランドものなんて持《も》ってたっけ？　やっぱり私《わたし》ってつくづく光正《みつまさ》さんにふさわしくない……）

口《くち》をポカンと開《あ》けて立《た》ちつくしていると、

「行《い》こう」

光正《みつまさ》に手《て》を取《と》られた。

嬉《うれ》しさと恥《は》ずかしさが、迷《まよ》いを吹《ふ》き飛《と》ばしてくれた。

それにしても、ただ手《て》をつなぐだけなのに、いまだにドキドキするなあ。きっと頬《ほお》も赤《あか》くなっていることだろう。

二人《ふたり》は門《もん》から玄関《げんかん》まで続《つづ》くアプローチを歩《ある》いていった。

2
茂子《しげこ》の目《め》の前《まえ》で起《お》きたミラクル

茂子《しげこ》

『奇跡《きせき》なんて、あるわけない』

会《あ》わせたい人《ひと》がいる、といった兄《あに》、光正《みつまさ》の来客《らいきゃく》を待《ま》ちながら、妹《いもうと》の茂子《しげこ》はそう思《おも》っていた。

そして兄《あに》が彼女《かのじょ》をつれてリビングに入《はい》ってきた途端《とたん》、

『……奇跡《きせき》だ』

弟《おとうと》の和正《かずまさ》と目《め》をあわせた。もちろん、声《こえ》にはださず、頭《あたま》の中《なか》の会話《かいわ》で、だ。兄《あに》と同様《どうよう》、茂子《しげこ》も和正《かずまさ》も、人《ひと》の心《こころ》が読《よ》めるテレパシー能力《のうりょく》を持《も》っている。なので、三兄妹弟《きょうだい》の間《あいだ》では、口《くち》での会話《かいわ》と脳内会話《のうないかいわ》をうまく使《つか》いわけていた。

兄《あに》は当然《とうぜん》すこぶるモテる。彼女《かのじょ》の影《かげ》は感《かん》じなかったものの、これまでずっといなかったわけではない……と、思《おも》う。

でも、家《いえ》につれてくるといったのは初《はじ》めてだ。

「平野木絵《ひらのきえ》さん」

兄《あに》のとなりには、ごくごく平凡《へいぼん》そうな、これという特徴《とくちょう》のない女性《じょせい》が立《た》っていた。

「……はじめまして」

木絵《きえ》と呼《よ》ばれたその人《ひと》は緊張気味《きんちょうぎみ》に頭《あたま》をさげた。

兄《あに》に紹介《しょうかい》されて「こんにちは」「どうも」と、こちらも挨拶《あいさつ》をする。

「妹《いもうと》の茂子《しげこ》と弟《おとうと》の和正《かずまさ》」

「あと、猫《ねこ》のヨシマサ」

ソファには、我《わ》が家《や》で一番態度《ばんたいど》の大《おお》きい猫《ねこ》がいた。でん、と座《すわ》って人間《にんげん》を下《した》から見《み》あげるえらそうな目《め》つき。でっぷりとした体格《たいかく》。すべてがふてぶてしい。

「両親《りょうしん》はロンドンの祖母《そぼ》のところに行《い》ってるんだ」

兄《あに》がいった。

(両親《りょうしん》はロンドンの祖母《そぼ》のところ……)

木絵《きえ》はその言葉《ことば》を心《こころ》の中《なか》で繰《く》りかえすと、なにやら考《かんが》えはじめたみたいだった。

（さすが、高台家《こうだいけ》。それよりなにより、目《め》の前《まえ》にいるこの美《うつく》しい人《ひと》たちといったら……）

たしかに高台家《こうだいけ》の三兄妹弟《きょうだい》は黒髪《くろかみ》とブルーの瞳《ひとみ》が印象的《いんしょうてき》なのか、初対面《しょたいめん》の人《ひと》にはたいていびっくりされる。自分《じぶん》はストレートのロングヘア。和正《かずまさ》は、体《からだ》つきは兄《あに》とほぼ同《おな》じ、クセッ毛《け》で、兄《あに》よりチャライ感《かん》じの髪形《かみがた》をしている。

（こんな美貌《びぼう》の人《ひと》たちがふつうの人間《にんげん》であるわけが……ない！）

と、木絵《きえ》の心《こころ》の声《こえ》が聞《き》こえた次《つぎ》の瞬間《しゅんかん》、圧倒《あっとう》されるほどの木絵《きえ》の妄想《もうそう》ワールドがはじまった。

☆★☆

高台家《こうだいけ》の三兄妹弟《きょうだい》は、実《じつ》はおそらく千年《せんねん》を生《い》きるバンパイアの一族《いちぞく》で……。

光正《みつまさ》、茂子《しげこ》、和正《かずまさ》の三人《にん》は黒《くろ》いバンパイアのコスチュームを身《み》にまとい、口《くち》からは鋭《するど》い犬歯《けんし》をギラリとのぞかせ、真《ま》っ赤《か》な目《め》を光《ひか》らせている。

彼《かれ》らはダッフンヌ神父《しんぷ》に正体《しょうたい》を知《し》られ、日本《にほん》に逃《のが》れてきたのだった！

三兄妹弟《きょうだい》の前《まえ》には、首《くび》から大《おお》きな十字架《じゅうじか》をさげた丸顔《まるがお》のダッフンヌ神父《しんぷ》が立《た》っていた。

もちろん顔《かお》は脇田《わきた》だ。

法衣《ほうえ》の下《した》によこしまな心《こころ》を隠《かく》し持《も》つダッフンヌ神父《しんぷ》の真《しん》の目的《もくてき》は、彼《かれ》らの仲間《なかま》になって、永遠《えいえん》の命《いのち》を手《て》にいれること。

ダッフンヌ神父《しんぷ》はロングのブロンズヘアのかつらをつけ女装《じょそう》し、ベッドに横《よこ》たわった。

その女性《じょせい》がダッフンヌ神父《しんぷ》だと気《き》づかずに、バンパイアの光正《みつまさ》が背後《はいご》から近《ちか》づいていくと……。

☆
★
☆

木絵《きえ》の妄想《もうそう》ワールドがあまりにおかしくて、茂子《しげこ》はランチを食《た》べながら笑《わら》ってしまった。

『さすがに男《おとこ》の血《ち》は……』

と、兄《あに》も半分《はんぶん》あきれたように脳内《のうない》で笑《わら》っている。

『吸《す》えないよなぁ』

クールな和正《かずまさ》も楽《たの》しそうだ。

『おもしろい、木絵《きえ》さん！』

茂子《しげこ》はまだクスクス笑《わら》いがとまらない。

木絵《きえ》ははっと我《われ》に返《かえ》る。そして、茂子《しげこ》たちが笑《わら》っているのを察《さっ》したみたいで、みんなを見《み》まわしている。

(なに、いまの？　まさか三人《にん》とも……人《ひと》の考《かんが》えていることがわかるテレパス？)

ミャー！

まるで木絵《きえ》の質問《しつもん》に答《こた》えるように、テラスにいたヨシマサが、タイミングよく鳴《な》いた。

そう、茂子《しげこ》は心《こころ》の中《なか》で木絵《きえ》に答《こた》えた。高台家《こうだいけ》の三兄妹弟《きょうだい》は人《ひと》の心《こころ》が読《よ》めるの。

脳内《のうない》では認《みと》めつつ、表面上《ひょうめんじょう》は何事《なにごと》もなかったかのようにランチを続《つづ》けていた。

和正《かずまさ》も当然《とうぜん》、平静《へいせい》を装《よそお》っている。

するとまた、

(……なんて。まさか、そんなわけないよね)

という、木絵《きえ》の心《こころ》の声《こえ》が聞《き》こえてきた。

(木絵《きえ》さん、ぼーっとしてると思《おも》ったら、意外《いがい》に鋭《するど》いんだ)

茂子《しげこ》は思《おも》わず感心《かんしん》してしまう。

（ていうか、みっちゃん、感《かん》づかれちゃだめなのに！）

ナイフとフォークを動《うご》かしながら、兄《あに》を軽《かる》くにらみつけた。


食事《しょくじ》が終《お》わったあとは、リビングに移動《いどう》した。リビングのとなりはぎっしりと本《ほん》がつまった棚《たな》がならぶ部屋《へや》で、図書室《としょしつ》と呼《よ》ばれている。

茂子《しげこ》は和正《かずまさ》とリビングのソファでお茶《ちゃ》を飲《の》んでいた。木絵《きえ》は図書室《としょしつ》に飾《かざ》られている立派《りっぱ》な額《がく》に入《はい》った大《おお》きな肖像画《しょうぞうが》が気《き》になってるみたい。

（きれい……。おじいさまとおばあさま？）

「そう」

木絵《きえ》の心《こころ》の声《こえ》に即座《そくざ》にうなずいた和正《かずまさ》を、茂子《しげこ》は『だめでしょ！』と脳内会話《のうないかいわ》でたしなめた。

「それ、俺《おれ》らのおじいちゃんとおばあちゃんの若《わか》いころ」

和正《かずまさ》はごまかすように、あらためてはっきりと口《くち》にだした。

「ずっと日本《にほん》にいたんだけど、祖父《そふ》が病気《びょうき》になって……最期《さいご》はイギリスで。亡《な》くなったのは半年前《はんとしまえ》」

兄《あに》がいう。

「そうだったの……」

木絵《きえ》はうつむいた。

(ごめんなさい。悲《かな》しいこと思《おも》いださせて)

どうやら気《き》にしてしまったよう。

「おじいさまの病気《びょうき》のことは二年前《ねんまえ》からみんなで覚悟《かくご》してたことだから」

茂子《しげこ》はさりげなくフォローした。

「でもおばあちゃん、いまだに毎日《まいにち》墓《はか》に通《かよ》ってるって……」

和正《かずまさ》がいうと、木絵《きえ》はまた肖像画《しょうぞうが》を見《み》つめた。

(大切《たいせつ》な人《ひと》を亡《な》くされて、どんなにお辛《つら》いか。でもきっとおじいさまの面影《おもかげ》は光正《みつまさ》さんたちの中《なか》に)

そんな木絵《きえ》の心《こころ》の声《こえ》が、三人《にん》に聞《き》こえてきた。みんなは思《おも》わず木絵《きえ》を見《み》る。

兄《あに》はそのやさしさが嬉《うれ》しかったのだろう、おだやかな笑《え》みを彼女《かのじょ》にむけた。

視線《しせん》を書棚《しょだな》に移《うつ》した木絵《きえ》は、もしかしてその裏《うら》に……と、書棚《しょだな》の本《ほん》をそっと押《お》している。

「あの、うしろに隠《かく》し部屋《べや》とかないから」

木絵《きえ》の心《こころ》を読《よ》んだ和正《かずまさ》がいうと、ドキリとして手《て》をはなした。

兄《あに》は、今度《こんど》は楽《たの》しそうな笑《わら》いをうかべて木絵《きえ》を見《み》ている。

『たしかに、好《す》きそう、みっちゃん』

茂子《しげこ》は和正《かずまさ》に目配《めくば》せをした。

兄《あに》は根《ね》が真面目《まじめ》なタイプだ。でも実《じつ》はバカバカしい話《はなし》が大好《だいす》きだし、小《ちい》さいころから空想《くうそう》にふけっていることも多《おお》かった。だからきっと、木絵《きえ》のユーモアあふれる妄想《もうそう》の世界《せかい》が好《す》きなんだろう。

それにしても……。

(好《す》きな人《ひと》に心《こころ》が読《よ》まれてるって知《し》ったとき、おじいさまはどうだった?)

茂子《しげこ》は、肖像画《しょうぞうが》の中《なか》の祖父《そふ》に心《こころ》の中《なか》でたずねてみる。

祖父《そふ》の茂正《しげまさ》は、祖母《そぼ》のアンに心《こころ》を読《よ》む能力《のうりょく》があることを知《し》っていた。自分《じぶん》の考《かんが》えていることは祖母《そぼ》にすべて知《し》られてしまうのを覚悟《かくご》で、一生添《いっしょうそ》い遂《と》げようと思《おも》ったのはなぜだったんだろう。

(私《わたし》なら絶対《ぜったい》イヤだ)

茂子《しげこ》は、楽《たの》しそうに話《はな》している兄《あに》たちを見《み》ながら思《おも》った。

(それ以上《いじょう》に、人《ひと》の心《こころ》が読《よ》めるこんな力《ちから》を持《も》つのはもっとイヤだ)

だからなかなか、恋《こい》もできないわけだけど……。


兄《あに》から木絵《きえ》を紹介《しょうかい》された次《つぎ》の週末《しゅうまつ》。

「かんぱーい!」

仕事《しごと》のあと、茂子《しげこ》は岸本浩平《きしもとこうへい》とガード下《した》の飲《の》み屋《や》でおちあった。

浩平《こうへい》は大学時代《だいがくじだい》の同級生《どうきゅうせい》。卒業後《そつぎょうご》、自分《じぶん》は希望《きぼう》していた服飾関係《ふくしょくかんけい》の仕事《しごと》に。浩平《こうへい》は大学《だいがく》院《いん》で勉強《べんきょう》を続《つづ》けている。

「知《し》ってる? 乾杯《かんぱい》って毒見《どくみ》のためにあったんだって」

浩平《こうへい》が少年《しょうねん》みたいなワクワクした表情《ひょうじょう》でこっちを見《み》てくる。

「毒見《どくみ》?」

「こうして同時《どうじ》に飲《の》むことで毒《どく》が入《はい》ってないかたしかめあったって説《せつ》が」

「へえ、そうなんだ」

茂子《しげこ》は目《め》の前《まえ》でビールを飲《の》んでいる浩平《こうへい》を見《み》た。大学《だいがく》を卒業《そつぎょう》して二年《ねん》。友《とも》だちになって六年《ねん》。浩平《こうへい》は出会《であ》ったころからほとんど変《か》わらないな、とあらためて思《おも》う。特《とく》にハンサムじゃないけど、目鼻立《めはなだ》ちはすっきりしててさわやか。いままで特《とく》に〝オトコ〟だって意識《いしき》したことはないけど、浩平《こうへい》はけっこうモテるみたい。

と、浩平《こうへい》の携帯《けいたい》にメールが着信《ちゃくしん》した。

（あ、ちさちゃん）

浩平《こうへい》は携帯《けいたい》の画面《がめん》をチラッと見《み》て、心《こころ》の中《なか》でつぶやいた。

「彼女《かのじょ》？」

軽《かる》い調子《ちょうし》で、聞《き》いてみる。

「え、んー」

浩平《こうへい》は曖昧《あいまい》にごまかして携帯《けいたい》をしまった。そしてすぐに……。

（そういえば。こないだ読《よ》んだ江戸時代《えどじだい》の毒見《どくみ》の話《はなし》。解毒剤《げどくざい》が茹《ゆ》で小豆《あずき》の汁《しる》だったって

……効《き》くのかな、そんなの)

浩平《こうへい》の心《こころ》の声《こえ》が聞《き》こえてきた。女《おんな》の子《こ》からメールが来《き》たのに、すぐにそんなことを考《かんが》えているところがなんだかおかしい。

「なあ、茹《ゆ》で小豆《あずき》の汁《しる》って飲《の》んだことある?」

浩平《こうへい》が顔《かお》をあげた。

「あるよ。デトックス作用《さよう》があるって」

「へえ、そうなんだ」

(今度《こんど》、飲《の》んでみようかな)

浩平《こうへい》の頭《あたま》の中《なか》は茹《ゆ》で小豆《あずき》でいっぱいになっている。

(おもしろいやつ! 一緒《いっしょ》にいて楽《らく》なのは浩平《こうへい》ぐらいだな)

もちろん浩平《こうへい》だってズルいことも考《かんが》えるし、男《おとこ》の子《こ》だからエロいことも妄想《もうそう》する。でも浩平《こうへい》の考《かんが》えてることっていつも素朴《そぼく》で、裏表《うらおもて》がなくて。子《こ》どもの心《こころ》を失《うしな》わないまま大人《おとな》になったっていうのは、まさにこんな人《ひと》なんじゃないかな? なんて、思《おも》ってしまう。

その日《ひ》も、時間《じかん》を忘《わす》れて終電近《しゅうでんちか》くまで、楽《たの》しく飲《の》みつづけた。

「あー、飲《の》みすぎた」

茂子《しげこ》は家《いえ》に帰《かえ》ってリビングのソファに倒《たお》れこんだ。浩平《こうへい》とかわした会話《かいわ》や、そのときの浩平《こうへい》の表情《ひょうじょう》を思《おも》いだすと、顔《かお》がほころんでしまう。

『いいじゃん、つきあっちゃえば』

むかいのソファで、和正《かずまさ》がヨシマサと遊《あそ》びながらいってくる。

「だから、浩平《こうへい》はただの元《もと》ゼミ仲間《なかま》」

コップ一杯《いっぱい》の冷《つめ》たい水《みず》を思《おも》いきりのどに流《なが》しこんで、和正《かずまさ》に注意《ちゅうい》した。「ていうか声《こえ》にだして。脳内会話禁止《のうないかいわきんし》」

そこにメイドが入《はい》ってきて、光正《みつまさ》さま、と兄《あに》のほうをむいていった。

「空港《くうこう》までのお車《くるま》、手配《てはい》しておきました」

ありがとう、と、兄《あに》がお礼《れい》をいう。

「みっちゃん、出張《しゅっちょう》？」

ちゃんと声《こえ》にだしてたずねた。

「明日《あした》からシカゴにね。金曜《きんよう》にはもどるけど、木絵《きえ》のとこ泊《と》まるから」

『お泊《と》まりだって。彼女《かのじょ》の家《いえ》に』

和正《かずまさ》が脳内《のうない》でつぶやく。

「うるさい」

和正《かずまさ》は兄《あに》ににらまれてる。

「声《こえ》にだして！」

茂子《しげこ》は、さっきと同《おな》じことをもう一度《ど》注意《ちゅうい》した。だいたい、三人《にん》だけのときに脳内会話《のうないかいわ》をしたって意味《いみ》がない。

(……もうみっちゃん、話《はな》したのかな)

「おまえも声《こえ》にだせよ」

兄《あに》に注意《ちゅうい》された。

でもこれは会話《かいわ》じゃなくて個人《こじん》の思考《しこう》。三人《にん》のときはそのあたりが実《じつ》にややこしい。でもとりあえず、気《き》になっていたことを声《こえ》にだしてみた。

「テレパスのこと、木絵《きえ》さんに話《はな》すの？」

たずねたけど、兄《あに》は無言《むごん》だ。

「姉貴《あねき》、一度元《どもと》カレに話《はな》してドン引《び》きされたよね」

飛《と》びこんできたのは和正《かずまさ》のつぶやきだ。

「みっちゃんは、いわないほうがいいよ。うまくいかなくなるから」

そのままソファから立《た》ちあがって、自分《じぶん》の部屋《へや》にむかおうとすると、

「痛《い》てっ」

背後《はいご》で和正《かずまさ》が兄《あに》に本《ほん》ではたかれている音《おと》が聞《き》こえた。

（あんたなんか、はたかれて当然《とうぜん》よ、余計《よけい》なことばっかいって！）

そんな心《こころ》の中《なか》のメッセージも、和正《かずまさ》に届《とど》いていることだろう。

3 木絵《きえ》、しあわせの絶頂《ぜっちょう》から転《ころ》げおちる？

木絵《きえ》 （今日《きょう》、光正《みつまさ》さんがアメリカから帰《かえ》ってくる〜）

待《ま》ちに待《ま》った金曜日《きんようび》。

うちで食事《しょくじ》して……そのままお泊《と》まり。

木絵《きえ》は朝《あさ》からずっと、会社《かいしゃ》でも頬《ほお》がゆるみっぱなしだった。

（アメリカといえば……やっぱりコレだな）

仕事《しごと》をしているふりをしながら、木絵《きえ》は妄想《もうそう》の世界《せかい》のアメリカに飛《と》ぶ。

☆★☆

光正《みつまさ》はＦＢＩ《エフビーアイ》の防弾《ぼうだん》ベストを身《み》につけた姿《すがた》で、麻薬《まやく》の売人《ばいにん》のアジトに潜入《せんにゅう》していた。そこに、売人《ばいにん》が姿《すがた》を現《あらわ》す。

「FBI《エフビーアイ》！」

光正《みつまさ》は銃《じゅう》をかまえた。

「シット！」

売人《ばいにん》も光正《みつまさ》に銃《じゅう》をむけ、二人《ふたり》はむかいあう。

「フリーズ！」

「ファック！」

「ホールドアップ！」

「ダム！」

「シット！」

「ステイ！」

「バウワウ」

二人《ふたり》は交互《こうご》にいいあったが、突然《とつぜん》、黙《だま》ってしまった。

「ヘルプミー！」

アジトの奥《おく》で縛《しば》られていた私《わたし》は声《こえ》をあげる。

二人《ふたり》は同時《どうじ》に私《わたし》を見《み》た。私《わたし》の前《まえ》にはなぜか、リンゴが入《はい》ったダンボール箱《ばこ》が置《お》いてあって……。

「……イトイズ、アンナポー」

気《き》づいた光正《みつまさ》がいう。

「イエース、イトイズ」

売人《ばいにん》が答《こた》える。

「メニーメニー、アポーズ」

「アポーズ、イート、デリシャス」

「アイライク、アポー」

「ハッピーバースデー！」

☆★☆

って……だめだ。

アジトの奥《おく》で縛《しば》られていたはずの木絵《きえ》は、現実《げんじつ》の世界《せかい》にもどってがっくりとうなだれた。

（英語力《えいごりょく》がお粗末《そまつ》すぎて話《はなし》がすすまない……）

ブルブルブル……。

と、携帯《けいたい》がふるえていた。

光正《みつまさ》からのメール！　携帯《けいたい》を手《て》に廊下《ろうか》にでた。

ごめん。今夜《こんや》、だめになった

ガーン。

一文目《ぶんめ》を見《み》て大打撃《だいだげき》を受《う》けた。

仕事《しごと》が立《た》てこんで……また連絡《れんらく》する

その言葉《ことば》を信《しん》じないわけじゃないけど……。あまりにも楽《たの》しみにしていたので、一瞬《いっしゅん》にして、がけの底《そこ》に突《つ》きおとされたような気分《きぶん》になった。

木絵《きえ》は弓子《ゆみこ》とならんで駅《えき》までの道《みち》を歩《ある》いていた。あのメールを受《う》け取《と》るまではスキップでもしたい気分《きぶん》だったのに。ため息《いき》がとまらない。

「さてはフラれたな」

弓子《ゆみこ》がニヤリと笑《わら》う。

「……やっぱり、フラれますかね私《わたし》」

「えっ？　やだ冗談《じょうだん》だってば……どうしたの？」

弓子《ゆみこ》は焦《あせ》って否定《ひてい》してくれたけど……。

「……実《じつ》は私《わたし》、小《ちい》さいころから空想《くうそう》するクセが」

「うん、知《し》ってる。よくぼーっとしてるもんね」

さすが、何年《なんねん》もとなりの席《せき》にいるだけある。

「……私《わたし》の楽《たの》しみで。なのに最近《さいきん》、よくない空想《くうそう》も……〝おとぎ話《ばなし》はハイ終《お》わり〟とか〝夢《ゆめ》から覚《さ》める夢《ゆめ》〟とか」

「……それは木絵《きえ》ちゃんだけじゃないわよ。みんなそう。恋《こい》するがゆえよ」

「……恋《こい》」

弓子《ゆみこ》の言葉《ことば》を繰《く》りかえして顔《かお》をあげると、道路《どうろ》のむこう側《がわ》で、見覚《みおぼ》えのあるシルエットの男性《だんせい》がタクシーから降《お》りた。

あれはさっきまで帰《かえ》りを待《ま》ち望《のぞ》んでいた光正《みつまさ》。

でも続《つづ》いて若《わか》い女性《じょせい》がでてきて、二人《ふたり》はならんで店《みせ》に入《はい》っていく。

（ど、どういうこと？）

頭《あたま》の中《なか》はぐるぐるしていた。

光正《みつまさ》が自分《じぶん》みたいなありふれた女性《じょせい》を選《えら》ぶなんて信《しん》じられない反面《はんめん》、光正《みつまさ》がいいかげんな恋愛《れんあい》や、つまらない裏切《うらぎ》り行為《こうい》をしたり、ウソをついたりするような男性《だんせい》ではないと信《しん》じていた。それなのに……。

4 光正《みつまさ》、逆境《ぎゃっきょう》からのプロポーズ

光正《みつまさ》はダイニングバーのテーブルで、専務《せんむ》の娘《むすめ》、浅野《あさの》えりとむきあっていた。

「すみません、今日《きょう》は。あらためまして、経営企画部《けいえいきかくぶ》の浅野《あさの》です」

えりが首《くび》をかしげながらにっこりと微笑《ほほえ》む。

光正《みつまさ》
「……浅野専務《あさのせんむ》にはいつもお世話《せわ》になってます」

本当《ほんとう》は木絵《きえ》に会《あ》いに飛《と》んでいきたい。いまだってすぐに連絡《れんらく》したくて、時間《じかん》ばかり気《き》にしてしまう。形式的《けいしきてき》な挨拶《あいさつ》をしながら、そんなことばかり思《おも》っている。

「海外研修《かいがいけんしゅう》の件《けん》で悩《なや》んでいたら、父《ちち》に、高台《こうだい》さんに一度《ど》相談《そうだん》してみたら、と」

(なんてウソだけど。研修《けんしゅう》なんて行《い》きたくないけど別《べつ》に。こうでもしないと、高台《こうだい》さんに近《ちか》づくチャンスないし)

えりの心《こころ》の声《こえ》が聞《き》こえてきても、もちろん光正《みつまさ》は平静《へいせい》を装《よそお》った。こんなふうに近《ちか》づいてくる女性《じょせい》は、これまでだってたくさんいた。そのたびにどうにかやりすごしてきた。

「なにたのみますかぁ？」

えりが甘《あま》えるような口調《くちょう》でたずねてくる。

「コーヒーだけで」

きっぱりといった。

（ガード固《かた》）

そんな、えりの心《こころ》の声《こえ》にはおかまいなしに光正《みつまさ》は続《つづ》ける。

「できれば今日《きょう》は早《はや》めに帰《かえ》りたいんで」

早《はや》めにきりあげて木絵《きえ》に会《あ》いに行《い》きたい。夕飯《ゆうはん》も木絵《きえ》と一緒《いっしょ》に食《た》べたい。

「……そうですよね、彼女《かのじょ》いらっしゃいますもんね。約束《やくそく》ありますよね」

「そうだね」

あっさりとうなずく。

（……どこがいいわけ、あんな女《おんな》の）

心《こころ》の中《なか》ではそう毒《どく》づきながら、えりは満面《まんめん》に笑《え》みをつくった。

「私《わたし》、お腹《なか》すいちゃった。ごはん食《た》べてもいいですか？」

（あんな地味《じみ》でサエないモッサイ女《おんな》。私《わたし》のほうがずっと若《わか》くて可愛《かわい》いのに）

そんなことを思《おも》っているえりの前《まえ》で、光正《みつまさ》は黙《だま》って水《みず》を飲《の》んでいた。

木絵《きえ》

（……おとぎ話《ばなし》は終《お》わり）

木絵《きえ》はダイニングバーの光正《みつまさ》たちの様子《ようす》を、亡霊《ぼうれい》のような顔《かお》で、道路《どうろ》のむこうから見《み》ていた。

弓子《ゆみこ》は何度《なんど》も、大丈夫《だいじょうぶ》？　一緒《いっしょ》に一杯《いっぱい》飲《の》みに行《い》く？　と声《こえ》をかけてくれた。

その気持《きも》ちは嬉《うれ》しかったけど、なんだか早《はや》く一人《ひとり》になりたくて、そのまま家路《いえじ》についた。

（この先《さき》、ドロドロになるのはイヤだ）

近所《きんじょ》のスーパーの袋《ふくろ》を提《さ》げた木絵《きえ》は、アパートまでの短《みじか》い距離《きょり》で、何度《なんど》も何度《なんど》もため息《いき》をついた。

光正《みつまさ》との恋《こい》は夢《ゆめ》なんだから、期待《きたい》しすぎちゃダメ。

そんなふうに心《こころ》の中《なか》でいいきかせていたはず。でもいざこんな現実《げんじつ》を目《め》の前《まえ》にすると、ものすごくショックだった。

何度目《なんどめ》かのため息《いき》をついたとき、携帯《けいたい》が震動《しんどう》した。光正《みつまさ》からだ。だけど……怖《こわ》くてでられなかった。

(いさぎよく身《み》をひこう)

携帯《けいたい》はそのまま、バッグの奥深《おくふか》くにしまった。

光正《みつまさ》

一人食事《ひとりしょくじ》をしているえりをのこし、光正《みつまさ》は店《みせ》の外《そと》にでて木絵《きえ》に電話《でんわ》をかけていた。

だけど、留守番電話《るすばんでんわ》にきりかわってしまった。何度《なんど》かけても、そうだ。

えりの用件《ようけん》をさっさときりあげ、光正《みつまさ》は木絵《きえ》のアパートにむかった。

窓《まど》から灯《あか》りがもれているところを見《み》ると、家《いえ》には帰《かえ》ってきているようだ。木絵《きえ》の部屋《へや》の前《まえ》に立《た》ってチャイムを押《お》そうとして、思《おも》わずのばしかけた手《て》をとめた。

（……うわ、なんかものすごく暗《くら》いイメージが）

中《なか》からどんよりとした空気《くうき》が流《なが》れてくる。光正《みつまさ》はドアの前《まえ》で目《め》を閉《と》じて、中《なか》にいる木絵《きえ》の気持《きも》ちを読《よ》み取《と》ろうと意識《いしき》を集中《しゅうちゅう》させた。すると、木絵《きえ》の妄想《もうそう》の世界《せかい》が光正《みつまさ》の頭《あたま》の中《なか》に流《なが》れこんできた。

☆★☆

「王子《おうじ》よ」

王子姿《おうじすがた》の光正《みつまさ》が、神父姿《しんぷすがた》の脇田《わきた》に案内《あんない》されてうす暗《ぐら》い道《みち》を歩《ある》いてきた。手《て》に花束《はなたば》を抱《かか》えている。

「おなげきになることはありません。あの者《もの》はすでに人《ひと》ではなく、化《ば》け物《もの》になり果《は》て、村人《むらびと》を次々《つぎつぎ》襲《おそ》ったのです」

すると、墓《はか》が見《み》えてきた。そこには〝KIE《きえ》 HIRANO《ひらの》〟と刻《きざ》まれている。

☆★☆

「……死《し》んでる」

光正《みつまさ》はつぶやいた。「なんか、村人襲《むらびとおそ》って死《し》んでる……」

どういうことだ？　首《くび》をひねりつつ、とりあえずインターホンを押《お》すと、ドアが開《ひら》いた。

「光正《みつまさ》さん？」

目《め》の前《まえ》には驚《おどろ》き顔《がお》の、木絵《きえ》がいた。

「ただいま」

とりあえず、光正《みつまさ》は微笑《ほほえ》んだ。

でも木絵《きえ》からは思《おも》いきり暗《くら》い空気《くうき》がただよっている。

「……どうぞ」

木絵《きえ》は戸惑《とまど》った様子《ようす》で招《まね》きいれてくれた。

「携帯《けいたい》、何度《なんど》もかけたんだけど」

部屋《へや》に入《はい》りながらいうと、木絵《きえ》はバツが悪《わる》そうにうつむいた。

（もしかして……あの話《はなし》しに来《き》たの？）

と、木絵《きえ》の心《こころ》の声《こえ》が飛《と》びこんできた。

（……好《す》きな人《ひと》ができたとか、そういう？）

木絵《きえ》は、光正《みつまさ》とえりがダイニングバーでむかいあっている光景《こうけい》を思《おも》いだしていた。

その映像《えいぞう》を、光正《みつまさ》は読《よ》み取《と》った。

（そうか、見《み》ちゃったんだ……）

木絵《きえ》がどんより暗《くら》い理由《りゆう》がわかった。これはすぐに誤解《ごかい》を解《と》かないといけない。

「夕食《ゆうしょく》まだだった？　つくるよ」

光正《みつまさ》はテーブルの上《うえ》にあったスーパーの袋《ふくろ》を手《て》に台所《だいどころ》に立《た》った。

と、台所《だいどころ》の壁《かべ》にメモが貼《は》ってある。

いつも木絵《きえ》の妄想《もうそう》にでてくる謎《なぞ》の妖精《ようせい》のイラストだ。もちろん顔《かお》は脇田課長風《わきたかちょうふう》で「燃《も》えるごみの日《ひ》は水曜《すいよう》と金曜《きんよう》でゲスよ」と、吹《ふ》きだしにセリフが書《か》いてある。

（これって、あの）

それを見《み》て、やっぱり木絵《きえ》は可愛《かわい》いな、と、微笑《ほほえ》ましくなった。

「……そんな、たいした材料《ざいりょう》ないから」

木絵《きえ》の声《こえ》が背中越《せなかご》しに聞《き》こえる。

「料理《りょうり》つくるの好《す》きなんだ、なかなかうまいよ」

高台家《こうだいけ》では、基本的《きほんてき》に食事《しょくじ》は料理人《りょうりにん》がつくってくれる。

でも手先《てさき》が器用《きよう》な光正《みつまさ》は、ちょっとした料理《りょうり》なら自分《じぶん》でささっとやってしまう。

「実《じつ》は浅野専務《あさのせんむ》に娘《むすめ》さん紹介《しょうかい》されて、勧《すす》められそうになったから断《ことわ》った」

野菜《やさい》を千切《せんぎ》りしている光正《みつまさ》は、木絵《きえ》に背中《せなか》をむけたまま話《はな》した。

（え？　そういうことだったの？）

木絵《きえ》が驚《おどろ》くと同時《どうじ》にホッとしている気配《けはい》が伝《つた》わってくる。

「もう婚約《こんやく》してますからって」

その告白《こくはく》に、木絵《きえ》はさらに驚《おどろ》いているようだ。

（婚約《こんやく》？　光正《みつまさ》さん、婚約者《こんやくしゃ》がいるの？　ウソ……？　それを伝《つた》えに来《き》たの？）

木絵《きえ》は妄想《もうそう》の世界《せかい》の暗《くら》い穴《あな》におちていった。

☆★☆

夜《よる》の墓地《ぼち》。

〝KIE《きえ》 HIRANO《ひらの》〟の墓《はか》に埋《う》まった私《わたし》は地中《ちちゅう》から顔《かお》をだすと、

「婚約者《こんやくしゃ》って、だ、誰《だれ》？」

ゾンビのようにうめいた。

☆★☆

「どうしてそうなる？」

つい、ふりかえって叫《さけ》んでしまった。

木絵《きえ》は、光正《みつまさ》がえりではなくて他《ほか》の誰《だれ》かと婚約《こんやく》したと解釈《かいしゃく》したらしい。

「え？　なにが？」

木絵《きえ》はわけがわからないようだ。

「……いや、だから」

いったん気持《きも》ちをおちつかせて、木絵《きえ》とむかいあった。

「……つまり」

じっと、木絵《きえ》を見《み》つめる。
それはきみだよ、という意味《いみ》を、彼女《かのじょ》は悟《さと》ってくれるだろうか。
木絵《きえ》はしばらくポカンとしていたけど……。
(え？　もしかして？)
かなり遅《おく》れて、見《み》つめている意味《いみ》に気《き》づいてくれた。
光正《みつまさ》はやさしく微笑《ほほえ》み、木絵《きえ》をそっと抱《だ》きしめた——。

5 和正《かずまさ》、気《き》になる人《ひと》との再会《さいかい》

和正《かずまさ》

兄《あに》から、木絵《きえ》と婚約《こんやく》したと報告《ほうこく》を受《う》けた翌週末《よくしゅうまつ》。

和正《かずまさ》は、テラスで猫《ねこ》のヨシマサにエサをやっていた。

（それにしても婚約《こんやく》かぁ……。つきあいだしてからまだそんなに日《ひ》はたってないはず。いくらなんでも早《はや》くね？）

でも……自分《じぶん》たちのように特殊《とくしゅ》な事情《じじょう》を抱《かか》えていると、この人《ひと》だ！　なんて思《おも》える人《ひと》にはそうめぐりあえるものじゃない。だから……。

（兄貴《あにき》にとって木絵《きえ》さんは、ようやくめぐりあえた人《ひと》だったんだろうな。ま、家《いえ》につれてきた時点《じてん》で、軽《かる》い気持《きも》ちでつきあってないっていうのはわかってたし）

そんなことを考《かんが》えながらエサの皿《さら》を見《み》ると、ヨシマサはまったく食《た》べていなかった。

「どうしたんだよ？」

ヨシマサは皿《さら》にプイ、と背《せ》をむけている。

昨夜《さくや》までは元気《げんき》だった。肉体的《にくたいてき》ではなく精神的《せいしんてき》になにかあったのか？

いくら和正《かずまさ》でも、猫《ねこ》のヨシマサの心《こころ》は読《よ》めない。

人《ひと》の心《こころ》なんて読《よ》めると人間《にんげん》多少《たしょう》はゆがんで育《そだ》つ。

多少《たしょう》どころじゃない。自分《じぶん》は三人兄妹弟《にんきょうだい》の中《なか》で一番《ばん》ひねくれて育《そだ》った。

(兄貴《あにき》は慎重《しんちょう》で)

ダイニングで朝食《ちょうしょく》を食《た》べている兄《あに》をチラリと見《み》る。背筋《せすじ》をピンとのばし、マナーも美《うつく》しい。木絵《きえ》と結婚《けっこん》すると決《き》めてからずっと、しあわせオーラがただよっている。

(姉貴《あねき》は見《み》かけによらず臆病《おくびょう》だ)

姉《あね》は食事《しょくじ》を中座《ちゅうざ》して、ソファで仕事《しごと》の電話《でんわ》をしていた。

「はい、次《つぎ》の新作《しんさく》、展示会《てんじかい》でぜひ。デザイナーも来《き》ますので」

休日《きゅうじつ》でも仕事《しごと》している姿《すがた》はかなりカッコイイ。でもそれは臆病《おくびょう》さを隠《かく》すための虚勢《きょせい》だったりもするんだろう。

(そんで俺《おれ》は、ちょっとだけ意地悪《いじわる》……いや、かなり、かな？)

そんな和正《かずまさ》にとって……。

(彼女《かのじょ》は最初《さいしょ》からなんとなくイラッときて、イジメたくなるタイプだった)

さいとう動物病院《どうぶつびょういん》の待合室《まちあいしつ》で順番《じゅんばん》を待《ま》ちながら、和正《かずまさ》は診察室《しんさつしつ》の扉《とびら》のむこうにいる純《じゅん》のことを考《かんが》えていた。

斎藤純《さいとうじゅん》。

姉《あね》の親友《しんゆう》で、純《じゅん》の父《ちち》が経営《けいえい》する、さいとう動物病院《どうぶつびょういん》に勤務《きんむ》している。高台家《こうだいけ》の初代《しょだい》ペットのラブラドール犬《けん》も、この病院《びょういん》にお世話《せわ》になっていた。

ヨシマサは朝食後《ちょうしょくご》、吐《は》いた。それ以外《いがい》は特《とく》に具合《ぐあい》が悪《わる》そうでもなかったけど、大学《だいがく》も休《やす》みでヒマだったから、ここにつれてきた。

「高台《こうだい》さんどうぞ」

呼《よ》ばれて、診察室《しんさつしつ》に入《はい》った。

「和正《かずまさ》くん？　ひさしぶり！」

純《じゅん》は驚《おどろ》くのと同時《どうじ》に、露骨《ろこつ》にがっかりした表情《ひょうじょう》をうかべた。

（俺《おれ》で悪《わる》かったな。いったい誰《だれ》が入《はい》ってくることを期《き》待《たい》してたんだよ）

と、思《おも》ったけど、口《くち》にだすのは、とりあえずやめておく。

「びっくりした……何年《なんねん》ぶり？」

「イギリス留学《りゅうがく》してたから、二年半《ねんはん》ぶり」

それに五年前《ねんまえ》に、ある〝事件《じけん》〟があってから、純《じゅん》はめったにうちに遊《あそ》びに来《こ》なくなったし。


純《じゅん》は中学生《ちゅうがくせい》のころ、さいとう動物病院《どうぶつびょういん》で診察中《しんさつちゅう》の父親《ちちおや》に届《とど》け物《もの》に来《き》た。そのとき待《まち》合室《あいしつ》にいたのが、愛犬《あいけん》をつれてきていた兄《あに》だった。

純《じゅん》はひと目《め》でハートを撃《う》ちぬかれ、恋《こい》におちた。そして……純《じゅん》に幸運《こううん》がめぐってきた。それから数《すう》か月後《げつご》に入学《にゅうがく》した高校《こうこう》で、前《まえ》の席《せき》にいたのが、姉《あね》だったのだ。黒髪《くろかみ》にブルーの瞳《ひとみ》。すぐにあの人《ひと》の妹《いもうと》だ、ってわかったみたいだった。

高校入学《こうこうにゅうがく》からしばらくして、純《じゅん》は我《わ》が家《や》に遊《あそ》びに来《き》た。姉《あね》から兄《あに》を紹介《しょうかい》してもらったときは、緊張《きんちょう》してガチガチだった。それはその場《ば》にいた、当時中学生《とうじちゅうがくせい》の自分《じぶん》にも伝《つた》わってきたくらいだから。

〝妹《いもうと》の友《とも》だちの純《じゅん》ちゃん〟

とりあえず、兄《あに》にとってそういう存在《そんざい》にはなれた。でも、恋《こい》には進展《しんてん》しなかった。


ヨシマサの診療《しんりょう》を終《お》え、純《じゅん》はカルテを書《か》きはじめた。

なんだか一人前《いちにんまえ》に獣医《じゅうい》になってカルテなんか書《か》いている純《じゅん》を見《み》ていると、和正《かずまさ》の意地悪《いじわる》な心《こころ》が刺激《しげき》されてウズウズしてきた。さっき入《はい》ってきたときに、あからさまにがっかりされたのも、おもしろくなかったし……。

和正《かずまさ》は純《じゅん》に、兄《あに》が婚約《こんやく》したことを教《おし》えた。

「婚約《こんやく》？　光正《みつまさ》さんが？」

純《じゅん》はただでさえ丸《まる》い目《め》をさらにまん丸《まる》くする。

和正《かずまさ》はニヤニヤしながらそのあとの反応《はんのう》をうかがった。

純《じゅん》の頭《あたま》の中《なか》は、驚《おどろ》きとショックでぐるぐるまわっている。

（……婚約《こんやく》。光正《みつまさ》さん。十年間《ねんかん》、片思《かたおも》いしつづけたけど、これでもう……）

（すごい、まだ兄貴《あにき》のこと思《おも》ってたんだ……）

その思《おも》いの強《つよ》さに思《おも》わず圧倒《あっとう》されてしまった。もちろん和正《かずまさ》も、家《いえ》に遊《あそ》びに来《き》ていたころの純《じゅん》がずっと兄《あに》を好《す》きなのは知《し》っていた。でも、さすがにもうあきらめたかと思《おも》っていたけど……。


「そういえば、和正《かずまさ》くん、就職《しゅうしょく》決《き》まったんだって？」

純《じゅん》はこちらの視線《しせん》に気《き》づき、取《と》ってつけたように話題《わだい》を変《か》える。

「うん、建築事務所《けんちくじむしょ》」

「そう、よかったね」

純《じゅん》はヨシマサをよっこらしょ、と重《おも》そうに抱《かか》え、返《かえ》してきた。

「半日絶食《はんにちぜっしょく》させて、まだ吐《は》くようなら明日来《あしたき》てください」

「明日《あした》？　休診《きゅうしん》だよね？」

「……あ、そうか」

明日《あした》は日曜日《にちようび》だというのに、純《じゅん》はすっかり兄《あに》の婚約話《こんやくばなし》に動転《どうてん》しているようだ。

「じゃ、純先生《じゅんせんせい》、往診《おうしん》してよ。うちひさしぶりでしょ？　兄貴《あにき》も喜《よろこ》ぶよ」

「えっ、やだ、なにいって……」

純《じゅん》はまるで乙女《おとめ》みたいに頰《ほお》を赤《あか》らめている。

「あ、まちがえた。姉貴《あねき》も喜《よろこ》ぶよ」

ニヤリと笑《わら》うと、純《じゅん》がものすごい顔《かお》でにらみつけてきた。

(この、バカ弟《おとうと》！)

6 茂子《しげこ》たち兄妹弟《きょうだい》をふりまわす最強《さいきょう》の母《はは》、登場《とうじょう》

茂子《しげこ》

翌日《よくじつ》の日曜日《にちようび》。

茂子《しげこ》は和正《かずまさ》と二人《ふたり》でランチを食《た》べていた。

「……もしかして、あんたまた純《じゅん》、からかったの？」

スープを飲《の》みながら顔《かお》をあげて、和正《かずまさ》をにらんだ。

「人《ひと》の脳内勝手《のうないかって》に読《よ》むなよ」

「純《じゅん》から連絡来《れんらくき》たの。今日《きょう》の午後《ごご》、ヨシマサ診《み》に来《く》るって」

茂子《しげこ》は、あんたの脳内《のうない》なんか読《よ》んでないわよ、というかわりに、携帯《けいたい》の画面《がめん》を見《み》せつけた。

午後《ごご》イチで行《い》くね

と、ある。

「へえ、ホントに来《く》るんだ。兄貴《あにき》に会《あ》いたいだけじゃないの」

「あんたがそんなふうに純《じゅん》にからむから、すっかりこの家《いえ》に来《こ》れなくなったんじゃない」

こういうときはつくづく、和正《かずまさ》は意地悪《いじわる》だなあと思《おも》う。しかも昔《むかし》から、ふたつ上《うえ》にもかかわらず、純《じゅん》のことはやたらとからかう。

「ああ、あの〝事件《じけん》〟ね。ウケたな、あれは」

茂子《しげこ》は、和正《かずまさ》がいう〝事件《じけん》〟を思《おも》いかえす。

そう、あれは自分《じぶん》たちが大学《だいがく》一年生《ねんせい》、和正《かずまさ》が高校《こうこう》二年生《ねんせい》だった冬《ふゆ》……。

(十代《だい》終《お》わりの年《とし》だし、片思《かたおも》いして五年《ねん》。いいかげん光正《みつまさ》さんに告白《こくはく》しよう)

純《じゅん》はそう決《き》めたみたいだった。

その決意《けつい》は、高台家《こうだいけ》の玄関《げんかん》に入《はい》ってきたときからメラメラとみなぎっていた。

純《じゅん》は庭《にわ》で愛犬《あいけん》をなでている兄《あに》の背中《せなか》にむかってきりだした。

「……あ、あの、光正《みつまさ》さん。初《はじ》めて会《あ》ったときから私《わたし》……あなたのことが」

と、そこまでいって、気《き》づいた。

それは残念《ざんねん》ながら兄《あに》ではなく……。

「――和正《かずまさ》くん？」

ふりかえってニヤリとしたのは、和正《かずまさ》だった。

「……なんで？　このバカ弟《おとうと》！」

純《じゅん》は真《ま》っ赤《か》になって叫《さけ》んだ。

そのときの和正《かずまさ》は兄《あに》と同《おな》じぐらいの体格《たいかく》で、髪形《かみがた》も似《に》ていた。そしてたまたま兄《あに》のコートを着《き》ていた。

自分《じぶん》でも時々《ときどき》、兄《あに》と和正《かずまさ》をまちがえたぐらいだから、純《じゅん》がまちがえるのも無理《むり》はなくて――。

その〝事件《じけん》〟以来《いらい》、純《じゅん》はあまりうちに遊《あそ》びに来《こ》なくなってしまった……。

「純《じゅん》は」

茂子《しげこ》は和正《かずまさ》にいった。「不器用《ぶきよう》でまっすぐで……ただ一途《いちず》にみっちゃんが好《す》きなだけなの。おもしろがらないで！」

心《こころ》の中《なか》が読《よ》めてしまうので申《もう》し訳《わけ》ないけど、茂子《しげこ》も純《じゅん》が兄《あに》を思《おも》う気持《きも》ちをずっと知《し》っていた。

とはいえ、純《じゅん》はけっして、兄目当《あにめあ》てで自分《じぶん》に近《ちか》づいてきたわけではない。そういう同級生《どうきゅうせい》も多《おお》い中《なか》、純《じゅん》はちがった。兄《あに》への一途《いちず》な気持《きも》ちと、自分《じぶん》への友情《ゆうじょう》は別物《べつもの》だ。女子《じょし》では純《じゅん》、男子《だんし》では浩平《こうへい》が、茂子《しげこ》が気《き》を許《ゆる》せる大切《たいせつ》な友《とも》だちだ。

と、玄関《げんかん》のチャイムが鳴《な》った。

「お、噂《うわさ》をすればさっそく」

和正《かずまさ》と同時《どうじ》に立《た》ちあがる。

ヨシマサも気配《けはい》を察《さっ》して、ん？　と、顔《かお》をあげた。

茂子《しげこ》たちが玄関《げんかん》ホールまででていってドアを開《あ》けると、母《はは》の由布子《ゆうこ》がスタスタと入《はい》ってきた。

「どういうこと？」

母《はは》はこの場《ば》を制圧《せいあつ》するように茂子《しげこ》と和正《かずまさ》の顔《かお》を見《み》くらべる。

「お母《かあ》さま？」

「親父《おやじ》は？」

母《はは》が帰国《きこく》するなんて聞《き》いていなかった。茂子《しげこ》も和正《かずまさ》もびっくりだ。

「会社《かいしゃ》よ。夜《よる》にはもどるわ。それよりどういうこと？　光正《みつまさ》が婚約《こんやく》ってなんの話《はなし》？」

母《はは》はいつもこうして一方的《いっぽうてき》にまくし立《た》てる。今日《きょう》はなおのことその傾向《けいこう》が激《はげ》しい。

『ちょっと、なんで急《きゅう》に？』

茂子《しげこ》は脳内《のうない》で和正《かずまさ》にたずねた。母《はは》の前《まえ》ではこうでもしないと話《はな》す間《ま》がない。

『おばあちゃんから聞《き》いたんじゃ？』

と、答《こた》えが返《かえ》ってくる。

たしかに。

おばあちゃんっ子《こ》の兄《あに》は、大事《だいじ》なことはすぐに祖母《そぼ》に報告《ほうこく》する。

そもそも、高台家《こうだいけ》の三兄妹弟《きょうだい》にとって祖母《そぼ》は、心《こころ》が読《よ》める特殊《とくしゅ》な人間《にんげん》としての生《い》きる道《みち》しるべでもあった。

「お相手《あいて》は？」

その質問《しつもん》に答《こた》えるのはむずかしい。どうやって答《こた》えようかと心《こころ》の中《なか》で和正《かずまさ》にたずねようとしたとき……、

「こんにちは」

純《じゅん》が開《あ》いているドアから顔《かお》をだした。

「あっ」

「純《じゅん》」

和正《かずまさ》と同時《どうじ》に声《こえ》をあげてしまった。

「おばさま……ごぶさたしてます」

純《じゅん》がていねいに頭《あたま》をさげた。

「お相手《あいて》、純《じゅん》さんなの？　あらそう、そういうこと？」

母《はは》の顔《かお》がたちまちほころんだ。医者《いしゃ》の家庭《かてい》に育《そだ》った純《じゅん》は、昔《むかし》から母《はは》の大《だい》のお気《き》にいりだった。

「え……？」

いったいなんのことかと、純《じゅん》は戸惑《とまど》っている。

「そうじゃなくて……」

母《はは》に説明《せつめい》しようとすると、和正《かずまさ》が、あ、と声《こえ》をあげた。

「光正《みつまさ》」

母《はは》が、玄関《げんかん》ホールに入《はい》ってきた兄《あに》を見《み》て、さらに笑顔《えがお》になる。

そして純《じゅん》の心臓《しんぞう》がドキリと高鳴《たかな》ったのが、茂子《しげこ》に伝《つた》わってきた。

「……母《かあ》さん」

兄《あに》も母《はは》がここにいることに驚《おどろ》いていた。

「えっ？」

兄《あに》のうしろにいた木絵《きえ》はさらに驚《おどろ》いている。

そんな彼女《かのじょ》に気《き》づいた純《じゅん》も驚《おどろ》き……玄関《げんかん》には様々《さまざま》な感情《かんじょう》が渦巻《うずま》いている。

どこからどう説明《せつめい》していいのかわからなくて、自分《じぶん》と和正《かずまさ》の頭《あたま》の中《なか》もぐちゃぐちゃだ。

「なんで急《きゅう》に……？」

兄《あに》が母《はは》にたずねるでもなくつぶやいた。

「あなたが隠《かく》すから。純《じゅん》さんとの婚約《こんやく》」

母《はは》がいう。

「は？」

兄《あに》と木絵《きえ》は驚《おどろ》いて母《はは》を見《み》る。

「心配《しんぱい》して損《そん》したわ。お相手《あいて》が純《じゅん》さんなら、私《わたし》も安心《あんしん》」

母《はは》はすっかりご満悦《まんえつ》だ。

「……じゃなくて、お母《かあ》さま」

早《はや》く訂正《ていせい》しなくては。まくし立《た》てる母《はは》の隙間《すきま》をぬってどうにか声《こえ》をあげたけど……。

「ああ、あなた。新《あたら》しく来《き》たお手伝《てつだ》いさん？」

母《はは》が木絵《きえ》にたずねた。

「はい！」

木絵《きえ》は母《はは》の勢《いきお》いに、思《おも》わずうなずいてしまっている。そしてあわてて、あ、いえ、と否《ひ》定《てい》した。

母《はは》の有無《うむ》をいわさぬしゃべり方《かた》、気《き》の強《つよ》そうな態度《たいど》……それらすべてに、木絵《きえ》のようなおっとりとした女性《じょせい》は押《お》されてしまうだろう。なにしろ実《じつ》の娘《むすめ》で、人《ひと》の心《こころ》の中《なか》が読《よ》める自《じ》分《ぶん》でさえも、二十代半《だいなか》ばにさしかかったいまでも迫力負《はくりょくま》けしているのだから。

「彼女《かのじょ》は平野木絵《ひらのきえ》さん、僕《ぼく》の婚約者《こんやくしゃ》」

兄《あに》はおろおろしている木絵《きえ》を母《はは》に紹介《しょうかい》した。

「あなたが？」

（この人《ひと》が？）

母《はは》が口《くち》にだしたのと同時《どうじ》に、純《じゅん》が心《こころ》の中《なか》でつぶやいた。

二人《ふたり》ともまじまじと木絵《きえ》を見《み》ている。

（ふつうすぎる……）

純《じゅん》はそう思《おも》ったようだ。だいたいの人《ひと》は、木絵《きえ》を見《み》たらそう思《おも》うだろう。自分《じぶん》と和正《かずまさ》だって、最初《さいしょ》はそう思《おも》ったのだから。

そもそも、兄《あに》が選《えら》んだ女性《じょせい》となれば、いったいどんな人《ひと》なんだろう？　と、かなりハードルはあがっているはずだし……。

木絵《きえ》はバツが悪《わる》そうに、母《はは》に頭《あたま》をさげた。

木絵《きえ》

木絵《きえ》はリビングで由布子《ゆうこ》とむかいあっていた。

「……はじめまして、平野《ひらの》です。よろしくお願《ねが》いします」

自己紹介《じこしょうかい》をして頭《あたま》をさげただけで、妙《みょう》にぎくしゃくしてしまった。

婚約者《こんやくしゃ》の家族《かぞく》に紹介《しょうかい》されるのだから、ただでさえ緊張《きんちょう》する。そのうえ相手《あいて》はこんなに隙《すき》のない堂々《どうどう》とした女性《じょせい》だ。

完全《かんぜん》に迫力負《はくりょくま》けしていた。女王様《じょおうさま》と家来《けらい》、奥方《おくがた》さまと使用人《しようにん》……とにかく、高貴《こうき》な方《かた》と下々《しもじも》の者《もの》、といった感《かん》じだ。

「平野《ひらの》さん、ご出身大学《しゅっしんだいがく》は？」

「母《かあ》さん、面接《めんせつ》じゃないんだから」

光正《みつまさ》がそういってくれたけど、面接《めんせつ》に答《こた》えるように誠実《せいじつ》に答《こた》えた。

「……白樺女子大学《しらかばじょしだいがく》です」

特《とく》に優秀《ゆうしゅう》でもないし、お嬢《じょう》さま大学《だいがく》でもない、ありふれた大学《だいがく》だ。

「お仕事《しごと》は？」

「あ、その……仕事《しごと》は一般《いっぱん》事務職《じむしょく》で」

「ご趣味《しゅみ》は？」

「趣味《しゅみ》？　特《とく》にこれといって……あ、小《ちい》さいころ水泳《すいえい》をやっていて平泳《ひらおよ》ぎのフォームがきれいだと」

その話《はなし》は興味《きょうみ》がないとばかりに、由布子《ゆうこ》はさえぎった。

「平野《ひらの》さんって、もしかしてあの山林王《さんりんおう》の平野《ひらの》さんかしら。あるいはご親戚《しんせき》とか……」

「山林王《さんりんおう》の平野《ひらの》さん？　全然《ぜんぜん》親戚《しんせき》とかではないです。父《ちち》は地方《ちほう》の……」

「あらそう」

由布子《ゆうこ》は笑《え》みをたたえていた。

でもその笑《え》みに、木絵《きえ》の全身《ぜんしん》が凍《こお》った。

はあ―――。

その夜《よる》、一人《ひとり》アパートのお風呂《ふろ》につかると、凍《こお》っていた全身《ぜんしん》に、ようやくあたたかさがもどってきた。

光正《みつまさ》も茂子《しげこ》も和正《かずまさ》も完璧《かんぺき》な人《ひと》だけど、みんな話《はな》してみると気《き》さくだし、ぎこちない自分《じぶん》の話《はなし》にもよく笑《わら》ってくれた。

でも由布子《ゆうこ》はまた、あの三人《にん》とは雰囲気《ふんいき》がちがう。

憂鬱《ゆううつ》だ……。

木絵《きえ》は湯船《ゆぶね》のふちにだらりと両腕《りょううで》をかけて、ため息《いき》をついた。

茂子《しげこ》

そのころ茂子《しげこ》は、リビングのソファで足《あし》を組《く》み、背筋《せすじ》をピンとのばして座《すわ》る母《はは》を見《み》つめていた。数《すう》か月《げつ》ぶりに会《あ》っても、母《はは》はいつもの母《はは》だった……。

「私《わたし》は反対《はんたい》です」

母《はは》がきっぱりといいきる目《め》の前《まえ》には、兄《あに》が座《すわ》っている。

『……でた。まったく裏表《うらおもて》のない』

『思《おも》ったことがすぐ口《くち》にでるこの性格《せいかく》』

ダイニングテーブルから和正《かずまさ》とこっそり眺《なが》めながら、脳内会話《のうないかいわ》でうなずきあう。

「恋愛《れんあい》ならいくらでもご自由《じゆう》に。こと結婚《けっこん》となると話《はなし》は別《べつ》です」

「どうしてですか」

「いずれあなたは高台《こうだい》グループを率《ひき》いる立場《たちば》なのよ？　そりゃ何事《なにごと》も慎重《しんちょう》なあなたが選《えら》んだ人《ひと》だから性格《せいかく》はいいんでしょうけど。もっと条件《じょうけん》のそろった人《ひと》の中《なか》にも性格《せいかく》のいい人《ひと》はたくさんいます」

「いいかげんにしてください。誰《だれ》がなんといおうが僕《ぼく》は木絵《きえ》と結婚《けっこん》します」

「なら聞《き》かせてちょうだい、なんであの人《ひと》なの？」

「……なんでって」

兄《あに》は黙《だま》りこんでしまった。

『……心《こころ》を読《よ》んで好《す》きになった、とはいえないか』

茂子《しげこ》は思《おも》わず心《こころ》の中《なか》でつぶやいてしまった。

いっそのこと母《はは》も心《こころ》を読《よ》む能力《のうりょく》があれば、木絵《きえ》のよさがわかるのに。

『この能力《のうりょく》。知《し》ったら母《かあ》さん、卒倒《そっとう》するよ』

和正《かずまさ》のいうとおりだ。

なにしろ人《ひと》の心《こころ》を読《よ》める能力《のうりょく》、祖母《そぼ》からの隔世遺伝《かくせいいでん》で、父《ちち》の茂正jr.《しげまさジュニア》を飛《と》びこして孫《まご》の自《じ》分《ぶん》たち三人《にん》に受《う》け継《つ》がれた。

母《はは》も父《ちち》も、祖母《そぼ》の能力《のうりょく》も三人《にん》の能力《のうりょく》も、いまだに知《し》らない。

7 光正《みつまさ》が木絵《きえ》にひかれた理由《わけ》

光正《みつまさ》

結局《けっきょく》、母《はは》との話《はな》しあいは平行線《へいこうせん》のままだった。

その晩《ばん》、光正《みつまさ》は眠《ねむ》れなくて、一人《ひとり》テラスにたたずんでいた。

（あれは突然《とつぜん》だった。彼女《かのじょ》のとんでもない妄想《もうそう》が頭《あたま》の中《なか》に飛《と》びこんできて……）

総務部《そうむぶ》の脇田課長《わきたかちょう》に挨拶《あいさつ》に行《い》ったとき、突然《とつぜん》わけのわからない映像《えいぞう》が頭《あたま》の中《なか》に飛《と》びこんできた。

イギリス王室騎兵隊姿《おうしつきへいたいすがた》の自分《じぶん》だ。なぜか自分《じぶん》はドダリー卿《きょう》という怪《あや》しい男《おとこ》が率《ひき》いる謎《なぞ》の集団《しゅうだん》に命《いのち》を狙《ねら》われ、銃撃戦《じゅうげきせん》をかわしていた。

いったいなんだと、その妄想《もうそう》の流《なが》れてくるほうを見《み》ると、コピー機《き》の前《まえ》で木絵《きえ》がぼーっとしていた。

次《つぎ》に会《あ》ったのは、エレベーターの中《なか》。今度《こんど》は背後《はいご》で、妄想《もうそう》をしはじめた。

エレベーターのドアが開《ひら》くと、ドダリー卿《きょう》が脇田課長《わきたかちょう》を人質《ひとじち》に取《と》って立《た》っていた。ドダリー卿《きょう》は「姫《ひめ》を渡《わた》せ」と、自分《じぶん》に求《もと》める。姫《ひめ》？　と不思議《ふしぎ》がる自分《じぶん》のうしろから、木絵《きえ》が「はい！」と顔《かお》をだす。木絵《きえ》がちゃっかり姫《ひめ》の役《やく》だというのも笑《わら》いそうだった。

それから数日後《すうじつご》……。

給湯室前《きゅうとうしつまえ》を通《とお》りかかろうとすると、ほわんとあたたかい空気《くうき》が胸《むね》に飛《と》びこんできた。見《み》ると、中《なか》で木絵《きえ》がお茶《ちゃ》を用意《ようい》していた。

(このお茶《ちゃ》、ちょっと熱《あつ》すぎるかな。もうすこし冷《さ》ましてからのほうが飲《の》みやすいかな)

どうやら来客用《らいきゃくよう》のお茶《ちゃ》をいれているようだ。こんなにていねいに来客《らいきゃく》のお茶《ちゃ》をいれるなんて……。なにより、木絵《きえ》から発《はっ》せられているなんともあたたかく、澄《す》みきったその空気《くうき》に、光正《みつまさ》は強《つよ》く、強《つよ》く、ひかれた。いつもこんな空気《くうき》に包《つつ》まれていたら。そう思《おも》った。

(僕《ぼく》はいままで、誰《だれ》かの心《こころ》の中《なか》をのぞきたいと思《おも》ったことはない)

自分《じぶん》は人《ひと》にない能力《のうりょく》を授《さず》かった。能力《のうりょく》でもあるけど、他人《たにん》の発《はっ》する様々《さまざま》な念《ねん》を背負《せお》ってしまって、辛《つら》くなる。普段《ふだん》は他人《たにん》の雑念《ざつねん》は頭《あたま》にいれないように生活《せいかつ》している。なるべく自《じ》分《ぶん》の考《かんが》えに集中《しゅうちゅう》するようにしている。そうじゃないとやっていけない。でも……。

（木絵《きえ》はちがう）

会社内《かいしゃない》でぼーっとしている木絵《きえ》を見《み》かけると、あの子《こ》、いま、なにを考《かんが》えているんだろう、と気《き》になってたまらない。ついつい近《ちか》くに行《い》って、妄想《もうそう》を読《よ》み取《と》ってしまったりする。

それじゃあストーカーじゃないか。

そう思《おも》って、食事《しょくじ》に誘《さそ》った。

その帰《かえ》り道《みち》に雨宿《あまやど》りしたときも、軒下《のきした》で木絵《きえ》の思《おも》っていることが頭《あたま》に飛《と》びこんできた。

だから木絵《きえ》を喜《よろこ》ばせたくなって、ぬれた髪《かみ》をふいてあげた。

そんな日々《ひび》のことを思《おも》いだして、光正《みつまさ》は夜空《よぞら》にうかぶ美《うつく》しい満月《まんげつ》を見《み》あげた。

和正《かずまさ》

兄《あに》がテラスで考《かんが》えごとをしているとき、和正《かずまさ》はリビングで雑誌《ざっし》を読《よ》んでいた。

「光正《みつまさ》くん、婚約《こんやく》おめでとう！」

と、いきなり背後《はいご》から誰《だれ》かに抱《だ》きしめられた。

びっくりしてふりかえると、これ以上《いじょう》はないというぐらいの笑《え》みをたたえた、父《ちち》が立《た》っていた。クールな母《はは》にくらべて、父《ちち》は愛情表現《あいじょうひょうげん》が過剰《かじょう》だ。

「親父《おやじ》？」

「あれ？　まちがえた、和正《かずまさ》くんか。まあいいや、ただいま！」

いまにも頬《ほお》をすり寄《よ》せてきそうな勢《いきお》いだ。

（うわっ、かんべんしてくれ……）

それだけはなんとかかわしたものの、和正《かずまさ》はもう一度《ど》ぎゅううううっと抱《だ》きしめられた。

光正《みつまさ》

翌日《よくじつ》の会社《かいしゃ》の昼休《ひるやす》み、光正《みつまさ》は木絵《きえ》と公園《こうえん》でランチを食《た》べていた。木絵《きえ》の表情《ひょうじょう》はうかないし、食欲《しょくよく》もなさそうだ。

「……昨日《きのう》は、いやな思《おも》いさせてごめん」

光正《みつまさ》はあやまった。

「ううん……私《わたし》こそ」

(自分《じぶん》がこんなだからいけないんだ。どう考《かんが》えたって光正《みつまさ》さんの婚約者《こんやくしゃ》にはふさわしくない)

木絵《きえ》の頭《あたま》の中《なか》はぐるぐるとそんな思《おも》いがまわっている。

つきあいはじめたころもそうだった。自分《じぶん》は光正《みつまさ》にふさわしくないとか、そんなことばかり考《かんが》えていた。

最近《さいきん》ようやくそんなふうに考《かんが》えなくなってくれたのに、まったく、母《はは》のせいで……。

「気《き》にしないで。母《はは》がなにをいおうが僕《ぼく》たちには関係《かんけい》ないから」

光正《みつまさ》はおだやかに、でも毅然《きぜん》といった。

木絵《きえ》はうつむいて、なにもいわない。

(……でも、光正《みつまさ》さんのお母《かあ》さんだもの。反対《はんたい》されたままってわけには)

木絵《きえ》の心《こころ》の声《こえ》が聞《き》こえてきた。

そして、突然《とつぜん》、なにかに思《おも》いあたったようで――。

(こうなったら、かけおちするしか)

木絵《きえ》は妄想《もうそう》の世界《せかい》で時《とき》を越《こ》えた。

☆★☆

時《とき》は百年《ひゃくねん》ほど前《まえ》。

町《まち》一番《ばん》の呉服問屋《ごふくどんや》、高台呉服店《こうだいごふくてん》の使用人《しようにん》の私《わたし》は、店《みせ》の前《まえ》をほうきではいていた。すると……。

「逃《に》げよう、木絵《きえ》」

詰襟《つめえり》の学生服《がくせいふく》に下駄《げた》、マントにハンチング帽《ぼう》という大正時代《たいしょうじだい》の書生風《しょせいふう》の光正《みつまさ》が、突然《とつぜん》私《わたし》の手《て》を取《と》って走《はし》りだした。

「きみのためなら高台家《こうだいけ》は捨《す》てる」

「坊《ぼっ》ちゃま……」

光正《みつまさ》はゆくゆくは高台呉服店《こうだいごふくてん》の若旦那《わかだんな》。私《わたし》は粗末《そまつ》なかすりの着物《きもの》に真《ま》っ赤《か》なほっぺたをした使用人《しようにん》。

一世一代《いっせいいちだい》のかけおちだ。

光正《みつまさ》は旅行《りょこう》カバンを、私《わたし》は風呂敷包《ふろしきづつ》みを抱《かか》え、手《て》に手《て》を取《と》って走《はし》りに走《はし》り……。

私《わたし》たちはさびれた地方《ちほう》の、人目《ひとめ》から逃《のが》れた粗末《そまつ》な納屋《なや》で暮《く》らすことになった。

「木絵《きえ》、仕事《しごと》が見《み》つかったよ、大樽運《おおだるはこ》びだ」

「坊《ぼっ》ちゃまには無理《むり》でがんしょ。おらがやりますがん」

私《わたし》はどこの地方《ちほう》のだかわからない方言《ほうげん》で答《こた》える。

「なにいってるんだ、僕《ぼく》にだってできるさ」

だが実際《じっさい》、光正《みつまさ》には樽《たる》のひとつも持《も》ちあげられない。

「しっかりしなせい、お坊《ぼっ》ちゃま。そんななまっちろい腕《うで》じゃ無理《むり》じゃろが！」

両肩《りょうかた》に一個《いっこ》ずつ大樽《おおだる》を持《も》ちあげた親方《おやかた》がふりかえった。顔《かお》は脇田《わきた》だ。親方《おやかた》はハッハッハ、
と、光正《みつまさ》を笑《わら》い飛《と》ばす。

「……坊《ぼっ》ちゃま、がんばるでがんす」

それを陰《かげ》から見《み》ていた私《わたし》は、涙《なみだ》で袖《そで》をぬらし……。

☆★☆

（……なんの仕事《しごと》だ）

まったく、木絵《きえ》の妄想《もうそう》のキャラ設定《せってい》というのはどこから来《く》るのだろう。今回《こんかい》は謎《なぞ》の方言《ほうげん》をしゃべる使用人《しようにん》で、一人称《いちにんしょう》は〝おら〟だし……って、いまは妄想《もうそう》を楽《たの》しんでいる場合《ばあい》じゃない。

木絵《きえ》とうまくいくための新《あら》たな道《みち》を考《かんが》えなくては。

「……そうだ。父《ちち》が木絵《きえ》に会《あ》いたがってる」

光正《みつまさ》は、今朝《けさ》、父《ちち》にいわれたことを思《おも》いだして伝《つた》えた。

8

茂子《しげこ》たち兄妹弟《きょうだい》、ついうっかり凡《ぼん》ミス？

茂子《しげこ》

数日後《すうじつご》の夜《よる》、茂子《しげこ》は高台家《こうだいけ》のダイニングテーブルについていた。

食卓《しょくたく》には高台家《こうだいけ》の面々《めんめん》、そしてこの日《ひ》は木絵《きえ》が招待《しょうたい》されていた。

それぞれの前《まえ》にはナイフ、フォークが四本《ほん》ずつきちんとならび、ワイングラスも用意《ようい》されている。

父《ちち》は自分《じぶん》から木絵《きえ》に会《あ》いたいといいだしておいて、遅刻《ちこく》してみんなを待《ま》たせている。どこまでもマイペースな人《ひと》だ。

（それにしても、これじゃあ緊張《きんちょう》するよね）

茂子《しげこ》は木絵《きえ》が気《き》の毒《どく》になった。木絵《きえ》は全身《ぜんしん》ガチガチになっていた。

母《はは》がいる食卓《しょくたく》では、自分《じぶん》だっていまだにそうだ。いまなんて、父《ちち》の到着《とうちゃく》を待《ま》っている状況《じょうきょう》でみんなが無言《むごん》なので、空気《くうき》は異様《いよう》にはりつめていた。

母《はは》はけっしていやな人《ひと》ではない。ただ、お嬢《じょう》さま育《そだ》ちで気《き》が強《つよ》く、どこまでも自分《じぶん》が正《ただ》しいと思《おも》っている人《ひと》なので、独特《どくとく》の近寄《ちかよ》りがたさがある。

娘《むすめ》の自分《じぶん》は、女同士《おんなどうし》ということもあって、兄妹弟《きょうだい》の中《なか》では母《はは》と一番《ばん》いろいろ話《はな》す。その分《ぶん》、ぶつかることもある。和正《かずまさ》は、はいはい、と要領《ようりょう》よく適当《てきとう》にかわしている。兄《あに》は小《ちい》さいころから素直《すなお》に接《せっ》していたし、母《はは》の期待《きたい》にもすべてこたえていた。でも、木絵《きえ》との結婚《けっこん》に関《かん》しては徹底的《てっていてき》にやりあうつもりみたいだ。

「ごめーん！　遅《おそ》くなって」

そこに、父《ちち》が明《あか》るく登場《とうじょう》した。

緊張《きんちょう》していた食卓《しょくたく》は、一気《いっき》に照明《しょうめい》に照《て》らされたミュージカルの舞台《ぶたい》のようになる。

「光正《みつまさ》くん、木絵《きえ》さん、婚約《こんやく》おめでとう！」

父《ちち》は席《せき》に着《つ》くなりグラスをかかげた。

「……あなた」

母《はは》が注意《ちゅうい》すると……。

「ああ、そうか。ご挨拶《あいさつ》がまだだった。僕《ぼく》はね、高台茂正《こうだいしげまさ》jr.《ジュニア》。母《はは》がね、勢《いきお》いで父《ちち》と同《おな》じ名《な》前《まえ》をつけて、でもまぎらわしいからマサオって呼《よ》ばれてる」

父《ちち》、ことマサオは木絵《きえ》にむかって自己紹介《じこしょうかい》をはじめた。

「……マサオ？」

「木絵《きえ》さんは好《す》きに呼《よ》んで。〝お義父《とう》さん〟でも〝ダディ〟でも」

マサオは笑《え》みを絶《た》やさぬまま、一気《いっき》にそこまでいった。

「あなた……もうけっこう！」

母《はは》に制《せい》されて、マサオは口《くち》をつぐんだ。そしてすぐに笑《え》みをたたえ、

「乾杯《かんぱい》！」

と、明《あか》るくグラスをかかげた。

『さすがお父《とう》さま。人《ひと》の心《こころ》どころか
『空気《くうき》すら読《よ》まない……』

グラスをかかげながら、茂子《しげこ》と和正《かずまさ》は脳内《のうない》で脱帽《だつぼう》していた。

そして食事《しょくじ》がはじまった。

あいかわらず、母《はは》がピンと背筋《せすじ》をのばして厳《きび》しい顔《かお》つきのまま食事《しょくじ》をしているせいか、

誰《だれ》も話《はな》さない。食卓《しょくたく》にはカチャカチャとナイフとフォークの音《おと》が響《ひび》くだけだ。

（お父《とう》さまが明《あか》るくもりあげてくれたらいいのに）

さっきからさりげなくマサオに視線《しせん》を送《おく》っているのに、マサオはその役割《やくわり》は自分《じぶん》だということには気《き》づいていない。大好《だいす》きなオマール海老《えび》を食《た》べるのに夢中《むちゅう》になっている。

木絵《きえ》は緊張《きんちょう》の解《と》けない様子《ようす》で、ナイフとフォークを使《つか》っていた。その使《つか》い方《かた》はけっしてまちがってはいない。でもあまりにぎくしゃくしていたせいか、ガシャン、とグラスを倒《たお》してしまった。

メイドがすかさず飛《と》んできて何事《なにごと》もなかったように整《ととの》えてくれたし、兄《あに》も、気《き》にしなくていいよ、と、笑《わら》いかけた。

「……すみません」

それでも申《もう》し訳《わけ》なさそうにしている木絵《きえ》を、母《はは》が厳《きび》しく見据《みす》えた。そして静《しず》かにナイフとフォークを置《お》く。

「正直申《しょうじきもう》しあげて、この結婚《けっこん》、私《わたし》は反対《はんたい》です」

ついにでた、と、茂子《しげこ》はうつむいた。

マサオだけが母《はは》の気持《きも》ちにいま初《はじ》めて気《き》づいたようで、驚《おどろ》きの表情《ひょうじょう》をうかべている。

「意地悪《いじわる》でいってるんじゃないの。高台家《こうだいけ》のような家《いえ》に嫁《とつ》ぐというのは、取《と》り巻《ま》く環境《かんきょう》、つきあう社会《しゃかい》、責任《せきにん》がついてまわるんです。この私《わたし》でさえ、それはとても苦労《くろう》して……。平野《ひらの》さん、後悔《こうかい》するのはあなたよ。それじゃ光正《みつまさ》も辛《つら》いでしょう？」

「だからもうその話《はなし》は……！」

兄《あに》が口《くち》をはさんだ。

「たしかに。由布子《ゆうこ》さんのいうとおり、反対《はんたい》されての結婚《けっこん》はたいへんだ」

意外《いがい》にもマサオは母《はは》に同意《どうい》した。

「いって聞《き》かせてちょうだい」

味方《みかた》を得《え》た、とばかりに、母《はは》がマサオを見《み》る。

「そういう二人《ふたり》を知《し》ってる。その当時《とうじ》、社交界《しゃこうかい》の華《はな》だったレディ・アンと……」

まかせてくれ！　とばかりに、マサオが語《かた》りだす。

え？

母《はは》が驚《おどろ》いて眉間《みけん》にしわを寄《よ》せた。

「屋敷《やしき》のはなれに下宿《げしゅく》してた日本人留学生《にほんじんりゅうがくせい》、高台茂正《こうだいしげまさ》」

(え、それって……)

茂子《しげこ》は、あっけに取《と》られた。

アンと茂正《しげまさ》といえば、祖母《そぼ》と祖父《そふ》？　もしかして二人《ふたり》のなれそめ？

「あるパーティで出会《であ》って以来《いらい》、アンは彼《かれ》をとても気《き》にいって……」

マサオは、得意満面《とくいまんめん》で、みんなに語《かた》りはじめた。


いまから約《やく》六十年前《ねんまえ》の一九五八年《ねん》、ロンドン。

すきとおる白《しろ》い肌《はだ》に輝《かがや》く金髪《きんぱつ》、吸《す》いこまれそうな碧眼《へきがん》、誰《だれ》もが見《み》とれてしまうような美《うつく》しさを持《も》つ伯爵令嬢《はくしゃくれいじょう》のアン・ペドラーは、バスケットを提《さ》げて、自邸《じてい》のはなれにやってきた。

「シゲマサ！」

二階《かい》の窓《まど》にむかって茂正《しげまさ》を呼《よ》ぶ。

と、高台茂正《こうだいしげまさ》が顔《かお》をだした。黒髪《くろかみ》に黒縁眼鏡《くろぶちめがね》。アン宅《たく》のはなれに下宿《げしゅく》していた、いかにも真面目《まじめ》そうな日本人留学生《にほんじんりゅうがくせい》だ。

「お部屋《へや》にうかがってもよろしい?」

アンは茂正《しげまさ》とアフタヌーンティを楽《たの》しもうと、メイドとともに紅茶《こうちゃ》を運《はこ》んできた。

「いいえ、だめです」

茂正《しげまさ》が英語《えいご》できっぱりと拒否《きょひ》をした。

いつもはここで茂正《しげまさ》は窓《まど》を閉《し》めてしまう。この日《ひ》は閉《し》められる前《まえ》にアンはあわててていった。

「あなたっていつもそう。最初《さいしょ》に会《あ》ったパーティのときも……帰《かえ》り、送《おく》ってくださらなかったわね」

あれは……と、茂正《しげまさ》が口《くち》ごもる。

「……あなたに変《へん》な噂《うわさ》が立《た》ってはいけないから」

あくまでも真面目《まじめ》な茂正《しげまさ》に、アンは苦笑《くしょう》した。

二人《ふたり》の出会《であ》いは、その数日前《すうじつまえ》のとあるパーティ。

アンは会場《かいじょう》で退屈《たいくつ》していた。というより、出席者《しゅっせきしゃ》の渦巻《うずま》く欲望《よくぼう》やら嫉妬心《しっとしん》やらに、疲《つか》れていた。

資産家《しさんか》の娘《むすめ》で美人《びじん》のアンをモノにしようと迫《せま》ってくる男性《だんせい》が何人《なんにん》もいるし、それ以《い》外《がい》のあちこちの場所《ばしょ》で、ほとんどの若者《わかもの》たちが恋人《こいびと》をつくろうと必死《ひっし》だった。

そんなとき、アンは自分《じぶん》と同《おな》じようなしらけた空気《くうき》を発《はっ》している人《ひと》の気配《けはい》を感《かん》じた。すみっこでじっとしている男性《だんせい》だ。

つまらなそうな顔《かお》をしていた彼《かれ》は、いまにも帰《かえ》ろうとしていた。

アンは自分《じぶん》から声《こえ》をかけた。

「はじめまして」

すると男性《だんせい》はピンと背筋《せすじ》をのばして自己紹介《じこしょうかい》をはじめた。

「……はじめまして。お嬢《じょう》さまのお宅《たく》のはなれに下宿《げしゅく》させていただいている高台茂《こうだいしげ》正《まさ》です」

下宿生《げしゅくせい》などたくさんいるので、アンはこのとき初《はじ》めて彼《かれ》の存在《そんざい》を知《し》った。

茂正《しげまさ》はアンの美《うつく》しさに一瞬《いっしゅん》見《み》とれた。

でもその表情《ひょうじょう》はすぐに平静《へいせい》にもどる。

そのあと、アンがどんなに話《はな》しかけても、茂正《しげまさ》は無表情《むひょうじょう》だった。

「うちに下宿《げしゅく》しているなら一緒《いっしょ》に帰《かえ》りましょう。送《おく》ってくださらない？」

何気《なにげ》なく誘《さそ》ってみても、取《と》りあってくれない。

茂正《しげまさ》がそっけなくふるまえばふるまうほど、俄然《がぜん》アンは彼《かれ》に興味《きょうみ》を持《も》った。

茂正《しげまさ》を絶対《ぜったい》にふりむかせよう、と決意《けつい》したのもこの晩《ばん》だ。


それから何度《なんど》も、アンは茂正《しげまさ》をアフタヌーンティに誘《さそ》った。けれど茂正《しげまさ》はいつもつれない態度《たいど》だった。でもアンはあきらめなかった。

だけどこの日《ひ》もアンがどんなに見《み》つめても、窓《まど》から見《み》おろしている茂正《しげまさ》は頑固《がんこ》だった。

「お部屋《へや》にいれてくれないのなら、お庭《にわ》でいただきましょう。おりていらしてね」

そういうと、ようやくでてきてくれた。

でもその顔《かお》は、驚《おどろ》くほど無表情《むひょうじょう》だ。

「……お部屋《へや》にうかがってもよろしい？」

中庭《なかにわ》のガーデンテーブルで紅茶《こうちゃ》を飲《の》みながら、もう一度《ど》いってみる。

「いいえ、だめです」

茂正《しげまさ》の答《こた》えは、さっきと一緒《いっしょ》。

でもアンは感《かん》じていた。茂正《しげまさ》はアンのブルーの瞳《ひとみ》にどぎまぎしている。それに、彼《かれ》だってアンのことをもっと知《し》りたいと思《おも》っている。だからこそ、よけいに無表情《むひょうじょう》を装《よそお》うのだ、と。


それからさらに数日後《すうじつご》、アンは茂正《しげまさ》の部屋《へや》のドアを、ノックした。

「……アン。どうしたんです？　こんな時間《じかん》に」

(ヘンな服着《ふくき》てる)

アンは思《おも》った。マントでもないし、いったいなんだろう。

茂正《しげまさ》がこの晩羽織《ばんはお》っていたのは〝どてら〟だと、このときのアンはまだ知《し》らなかった。でもいまはそんなことはどうでもいい。

アンはこの夜《よる》、思《おも》いを伝《つた》えようと決意《けつい》をしてここにやってきた。

「いけない、風邪《かぜ》をひく……」

と、茂正《しげまさ》がどてらを脱《ぬ》いでアンに着《き》せかけた。

寒《さむ》い夜《よる》だ。どてらの綿《わた》と、茂正《しげまさ》のぬくもりが伝《つた》わってくる。体《からだ》があったまってきた勢《いきお》いに押《お》されるように、アンは告白《こくはく》した。

「私《わたし》はあなたを愛《あい》しています。結婚《けっこん》してください」

あまりの突然《とつぜん》の告白《こくはく》に、茂正《しげまさ》の頭《あたま》が一瞬《いっしゅん》真《ま》っ白《しろ》になった。そしてどうにか思考《しこう》を整《ととの》えた。

「……僕《ぼく》には、日本《にほん》に許嫁《いいなずけ》が」

「じゃああなたは、親同士《おやどうし》が決《き》めた、たった二度会《どあ》っただけの人《ひと》と本気《ほんき》で結婚《けっこん》するつもり？　あなたは私《わたし》のことをとても好《す》きなのよ！　気《き》づかないふりをして他《ほか》の人《ひと》と結婚《けっこん》するなんて相手《あいて》に失礼《しつれい》だわ！」

自分《じぶん》がわめいてることは支離滅裂《しりめつれつ》だとアンにはわかっていた。でも、それでもいい。

叫《さけ》ぶアンに、茂正《しげまさ》はただひたすら驚《おどろ》いていた。

「この日《ひ》、本当《ほんとう》の気持《きも》ちに気《き》づいた茂正《しげまさ》は、アンとの将来《しょうらい》を約束《やくそく》」

マサオはすっかり自分《じぶん》の世界《せかい》に入《はい》りこみ、祖母《そぼ》と祖父《そふ》の二役《ふたやく》を演《えん》じながら、独《ひと》り舞台《ぶたい》を続《つづ》けていた。

マサオにはテレパシー能力《のうりょく》がないし、祖母《そぼ》がテレパスだとも知《し》らない。それでも、当時《とうじ》の祖父母《そふぼ》の気持《きも》ちがリアルなまでに伝《つた》わってくる、まさに熱演《ねつえん》だった。

茂子《しげこ》も、知《し》らなかった話《はなし》がたくさんあって話《はなし》に夢中《むちゅう》になっていた。

「でも……アンの父親《ちちおや》の、サー・ローレンス・ペドラーに反対《はんたい》されて……結局《けっきょく》、彼《かれ》は一人《ひとり》日本《にほん》に帰《かえ》ることに。けれどアン……偉大《いだい》なる僕《ぼく》の母《はは》は、父《ちち》を追《お》いかけた」

「日本《にほん》まで？」

木絵《きえ》が声《こえ》をあげる。

「そう、日本《にほん》まで。けどね、とても不安《ふあん》だったって」

どうして？　と、茂子《しげこ》は話《はなし》の続《つづ》きに身《み》を乗《の》りだした。祖母《そぼ》は祖父《そふ》の気持《きも》ちはわかっているのに。

「もし、迷惑《めいわく》がられたら……。もし、気持《きも》ちが変《か》わっていたら……」

マサオは続《つづ》きを語《かた》りはじめた。

飛行機《ひこうき》での長旅《ながたび》を終《お》え、初《はじ》めての日本《にほん》の地《ち》で電車《でんしゃ》を乗《の》り継《つ》ぎ、アンは高台家《こうだいけ》にたどりついた。不安《ふあん》に心臓《しんぞう》をドキドキさせながら、門《もん》のそばに近《ちか》づいて中《なか》をのぞいてみると、庭《にわ》に茂正《しげまさ》がいた。

茂正《しげまさ》は、ぼんやりと空《そら》を見《み》あげ、アンをのこしたまま帰国《きこく》してしまったことを悔《く》やんでいた。愛《あい》するアンを簡単《かんたん》にあきらめるなんて、自分《じぶん》はなんて意気地《いくじ》なしなんだ……と。

「……アン」

茂正《しげまさ》は深《ふか》いため息《いき》をついた。

「呼《よ》んだ?」

あまりに嬉《うれ》しくて、アンはかけ寄《よ》っていった。

「ど、どうして、ここに?」

茂正《しげまさ》は驚《おどろ》きでかたまってしまっている。

「あなたが……好《す》きだから」

アンはまっすぐに茂正《しげまさ》を見《み》つめ、正直《しょうじき》な気持《きも》ちを伝《つた》えた。

「……君《きみ》はっ。なんてバカなことをしたんだ。お父上《ちちうえ》がどんなに悲《かな》しむか、なんという親不孝《おやふこう》をっ……」

茂正《しげまさ》はなかなか素直《すなお》にならない。

だからアンは、自分《じぶん》から茂正《しげまさ》の胸《むね》に飛《と》びこんだ。

茂正《しげまさ》もついに素直《すなお》になり、アンを抱《だ》きしめた……。


そこで、マサオの独《ひと》り舞台《ぶたい》は終《お》わった。

夢中《むちゅう》になって聞《き》いていた茂子《しげこ》は我《われ》に返《かえ》る。

木絵《きえ》もうっとりと聞《き》きいっている様子《ようす》だった。

「……あなた、それ、なんの話《はなし》？」

母《はは》がぎろりとマサオをにらみつけた。

「さあ……。反対《はんたい》されるほど恋《こい》は燃《も》えあがる、っていうたとえ話《ばなし》？」

どこまでも能天気《のうてんき》なマサオにくらべ、母《はは》はすっかりおかんむりのようだった。

兄《あに》と木絵《きえ》は見《み》つめあい、二人《ふたり》の世界《せかい》に入《はい》りこんでいる。

(……私《わたし》もがんばれば、いつか結婚許《けっこんゆる》してもらえるのかな)

そんな木絵《きえ》の心《こころ》の声《こえ》が、茂子《しげこ》に聞《き》こえてくる。

マサオの壮大《そうだい》な一人語《ひとりがた》りのおかげで、木絵《きえ》の気持《きも》ちはすこし、前《まえ》むきになってるみたいだった。


(でも……がんばるってなにを?)

食後《しょくご》、高台家《こうだいけ》の図書室《としょしつ》で祖母《そぼ》と祖父《そふ》の肖像画《しょうぞうが》とむかいあいながら、木絵《きえ》はまだ考《かんが》えているようだった。

茂子《しげこ》がそんな木絵《きえ》に目《め》をやると、さらに心《こころ》の声《こえ》が聞《き》こえてくる。

(ロンドンに留学《りゅうがく》していた茂正《しげまさ》さんは勉強《べんきょう》をがんばっていた。そんな茂正《しげまさ》さんと自分《じぶん》じゃ全然《ぜんぜん》ちがうし。いまの自分《じぶん》ががんばれることといったら……そうだ……平泳《ひらおよ》ぎ!　だって、小学生《しょうがくせい》のころ、フォームがきれいだってほめられたから!　それしかない!)

木絵《きえ》は妄想《もうそう》の世界《せかい》のプールに飛《と》びこんでいった。

☆★☆

「遅咲《おそざ》きのメダリストを目指《めざ》す！」

競泳用《きょうえいよう》の水着《みずぎ》を着《き》た私《わたし》は、息継《いきつ》ぎのためにザバーッとプールから顔《かお》をだした。その肩幅《かたはば》は、水泳選手《すいえいせんしゅ》のように筋肉《きんにく》がつき、屈強《くっきょう》だ。

だがその泳《およ》ぎはどう見《み》てもシロウトくさい。カエルがのんびり川《かわ》を渡《わた》っているようだ。

そりゃ最初《さいしょ》は笑《わら》い者《もの》だけど……。

三十歳《じゅっさい》。超遅咲《ちょうおそざ》き。だけど……。

「エン、トーッ！　エン、トーッ！」

突如《とつじょ》、外国人《がいこくじん》コーチがストップウォッチを手《て》にプールサイドに現《あらわ》れた。伝説《でんせつ》のデンマーク人《じん》コーチ、イヤン＝ヤッケ。

エン、トー、とはデンマーク語《ご》で「一、二」のかけ声《ごえ》だ。

イヤン＝ヤッケが登場《とうじょう》した途端《とたん》に、私《わたし》の泳《およ》ぎはオリンピック選手級《せんしゅきゅう》になっている。そう、私《わたし》は二〇二〇年東京《ねんとうきょう》オリンピックを目指《めざ》して、日々練習《ひびれんしゅう》にはげんでいる。

☆★☆

『あのコーチはいったい……』

『急《きゅう》に泳《およ》ぎが進化《しんか》した……』

兄《あに》と和正《かずまさ》は、いきなり平泳《ひらおよ》ぎでオリンピックを目指《めざ》しはじめた木絵《きえ》の妄想《もうそう》に、脳内《のうない》で首《くび》をかしげていた。

『やっぱりおもしろい、木絵《きえ》さん』

茂子《しげこ》はいまにも笑《わら》いだしたいのをこらえるのに必死《ひっし》だ。

そんな自分《じぶん》たちのことをヨシマサがじっと見《み》ていた。

ヨシマサと目《め》があって、思《おも》いだした。

『そうだ、みっちゃん、純《じゅん》だけど……結婚式《けっこんしき》、決《き》まったら参列《さんれつ》したいって』

茂子《しげこ》は脳内《のうない》で兄《あに》に声《こえ》をかける。

「え？」

兄《あに》は声《こえ》にだした。

けれど茂子《しげこ》は、木絵《きえ》に聞《き》かれないように脳内会話《のうないかいわ》で伝《つた》える。

『ちゃんとおめでとう、いいたいんだって。みっちゃんに』

『呼《よ》んだほうがいいと思《おも》う』

和正《かずまさ》が即座《そくざ》に賛成《さんせい》した。『純先生《じゅんせんせい》は、はっきり現実受《げんじつう》けとめたほうが』

『現実受《げんじつう》けとめるのはおまえ』

何気《なにげ》ない顔《かお》でお茶《ちゃ》を飲《の》みながら、兄《あに》が和正《かずまさ》にいう。『ずっと純《じゅん》ちゃんだけを、見《み》てきたくせに』

『は？　俺《おれ》？』

和正《かずまさ》が目《め》を見開《みひら》く。

『やっぱりそうなの？　和正《かずまさ》』

茂子《しげこ》はすかさず反応《はんのう》する。

ずっと前《まえ》からそうじゃないかと思《おも》っていた。でも、和正《かずまさ》も兄妹弟《きょうだい》の前《まえ》では純《じゅん》への気持《きも》ちを必死《ひっし》で隠《かく》していたみたいだったし、おたがいの心《こころ》の内《うち》はのぞかないのが、高台家《こうだいけ》の兄妹弟《きょうだい》のルールだったし。

『……いや俺《おれ》、ずっと彼女《かのじょ》いたし』

和正《かずまさ》は感情《かんじょう》を抑《おさ》えようとしていた。でももろに顔《かお》にでている。

『ずっと続《つづ》かなかっただろ』

そんな兄《あに》の言葉《ことば》に、

『まさかそんな、なんで兄貴《あにき》のこと十年思《ねんおも》ってる女《おんな》に……』

と、和正《かずまさ》は訴《うった》えるけど、兄《あに》は取《と》りあわない。

「それじゃまるで、俺《おれ》も十年間片思《ねんかんかたおも》いしてたみたいじゃないか」

すっかり混乱《こんらん》している和正《かずまさ》は、大《おお》きな声《こえ》で反論《はんろん》した。

茂子《しげこ》もそれにつられて、

「まあ、純《じゅん》にその気《き》はないだろうけど」

と、つい口《くち》にしてしまう。

「はあ？　別《べつ》に俺《おれ》は……」

思《おも》わず立《た》ちあがりそうになった和正《かずまさ》は、そこでようやく木絵《きえ》に見《み》られていることに気《き》づいた。兄《あに》も、自分《じぶん》も、だ。

『『……まずい！』』

三人《にん》が同時《どうじ》に思《おも》ったけど、もう遅《おそ》い……。

「あの、やっぱり、もしかしてみなさんはその……テレ……パス？」

その言葉《ことば》に、三人《にん》は戸惑《とまど》いながら顔《かお》を見《み》あわせた。

それぞれみんな、一歩《いっぽ》外《そと》にでたときは気《き》をつけていたのに、家《いえ》だから油断《ゆだん》してしまっていた。

どうしたらいいんだろう……

茂子《しげこ》は頭《あたま》を抱《かか》え、首《くび》をふった。

「木絵《きえ》さんにちゃんと話《はな》せよ、結婚《けっこん》するんだろ」

和正《かずまさ》にいわれると、兄《あに》はしばらく黙《だま》りこんだ。

そして……決意《けつい》したように、ゆっくりとうなずいた。

9 木絵《きえ》、しあわせと不安《ふあん》に揺《ゆ》れる

木絵《きえ》

すこし歩《ある》こう。

木絵《きえ》は光正《みつまさ》に誘《さそ》われて、二人《ふたり》で庭《にわ》にでた。

夜《よる》の静《しず》かな庭《にわ》には、美《うつく》しい月明《つきあ》かりが揺《ゆ》れている。光正《みつまさ》がテレパシー能力《のうりょく》を持《も》っていると知《し》った動揺《どうよう》は、まだおさまらない。

光正《みつまさ》もなにをいったらいいのかわからないようで、二人《ふたり》は黙《だま》ったままゆっくりと歩《ある》いていた。

光正《みつまさ》がこっちを見《み》たので、

「……なんとなく、わかってた気《き》がする」

木絵《きえ》はいまの自分《じぶん》の気持《きも》ちをどうにか口《くち》にした。「……驚《おどろ》いたけど、でも平気《へいき》」

そして、そこから先《さき》は心《こころ》の中《なか》で、つぶやいてみる。

（私《わたし》……しゃべるの苦手《にがて》だから。もしうまく話《はな》せなくても、光正《みつまさ》さんには伝《つた》わる。そう思《おも》えると安心《あんしん》）

いつもそうだった。頭《あたま》の中《なか》ならすらすらと言葉《ことば》がでてきても、上手《じょうず》に口《くち》にすることができない。それで歯《は》がゆい思《おも》いをたくさんした。自分《じぶん》の本当《ほんとう》の気持《きも》ちが伝《つた》わらなくて、誤解《ごかい》されることもしょっちゅうだった。

でも光正《みつまさ》には、そういう思《おも》いをしなくてもいい。

そんな木絵《きえ》の思《おも》いはしっかりと光正《みつまさ》に伝《つた》わったようだった。光正《みつまさ》の不安《ふあん》な表情《ひょうじょう》が次第《しだい》に安堵《あんど》の表情《ひょうじょう》に変《か》わり、笑顔《えがお》になっていく。

「……僕《ぼく》はよく〝笑《わら》わない人《ひと》〟っていわれてたんだ」

「え？　でも光正《みつまさ》さん、よく笑《わら》ってるよね？」

クスクス笑《わら》ったり、ゲラゲラ笑《わら》ったり。なによりやさしく微笑《ほほえ》んでくれる。

「それはきみと一緒《いっしょ》にいるから」

え？

「そばにいてほしいと思《おも》う人《ひと》はきみだけだ」

なにもいいかえすことができずに、木絵《きえ》は光正《みつまさ》のブルーの瞳《ひとみ》をただじっと見《み》つめていた。

「ずっと一緒《いっしょ》にいたいと思《おも》ってる。一生《いっしょう》」

その言葉《ことば》は、夢《ゆめ》のよう……。

「木絵《きえ》。僕《ぼく》と結婚《けっこん》してほしい」

「……はい」

微笑《ほほえ》みながらも、だんだんと目《め》が潤《うる》んでくる。

「もう一度《ど》、いっておきたくて」

光正《みつまさ》はやさしく抱《だ》き寄《よ》せてくれた。

その胸《むね》に顔《かお》をうずめると、光正《みつまさ》の顔《かお》がだんだん近《ちか》づいてくる。見《み》あげると、くちびるがやさしく触《ふ》れあって……。

それから二人《ふたり》はどちらからともなく手《て》をつないで、またゆっくりと歩《ある》きだした。

光正《みつまさ》のブルーの瞳《ひとみ》が近《ちか》づいてきて、くちびるが触《ふ》れて……。夢《ゆめ》のようなキス。いまでも思《おも》いだすとうっとりする。

家《いえ》に帰《かえ》ってきた木絵《きえ》は、ゆっくりトイレに入《はい》りながら、さっきのキスを思《おも》いかえしていた。

これまで気《き》になっていたことも、ちゃんと光正《みつまさ》の口《くち》から聞《き》けてあきらかになったし、そのうえで一生一緒《いっしょういっしょ》にいたいなんていわれて、本当《ほんとう》にしあわせ……。

(はー。すっきり)

木絵《きえ》は、お腹《なか》をさすりながらトイレからでた。

だけど……。木絵《きえ》はふと思《おも》った。

(……でも、もしかして、いまのも光正《みつまさ》さんに聞《き》かれるってこと?)

首《くび》をかしげたところに、そうでゲスよ、と、謎《なぞ》の妖精《ようせい》が現《あらわ》れた。

「ぜーんぶ筒抜《つつぬ》け。あんなことも、こんなことも」

謎《なぞ》の妖精《ようせい》は、なんだかちょっと楽《たの》しそうだ。

(……それはイヤだ)

あらためてよく考《かんが》えてみて、木絵《きえ》は呆然《ぼうぜん》とした。

(あんなことも、こんなこともって……。

平凡《へいぼん》の〝平《へい》〟に野《の》グソの〝野《の》〟とかいっちゃったりする謎《なぞ》の妖精《ようせい》や、女装《じょそう》するダッフンヌ神父《しんぷ》の脇田課長《わきたかちょう》はもちろん、ゾンビや呉服問屋《ごふくどんや》の使用人《しようにん》になる私《わたし》の妄想《もうそう》とかも？　それだけじゃない。私《わたし》が作詞作曲《さくしさっきょく》したヘンな歌《うた》を歌《うた》ってるのも筒抜《つつぬ》けだし、こんなふうに光正《みつまさ》さんとキスしたことを繰《く》りかえし思《おも》いだしてることとかも……ぎゃ――恥《は》ずかしくて死《し》ぬ――!!)

「それにでゲスよ。もし将来子《しょうらいこ》どもができたら……」

謎《なぞ》の妖精《ようせい》にいわれて、木絵《きえ》は妄想《もうそう》の世界《せかい》で結婚生活《けっこんせいかつ》をはじめた。

☆★☆

「こら、タカマサ、口《くち》にだしてしゃべりなさい」

光正《みつまさ》が突然《とつぜん》、三歳《さい》になる息子《むすこ》に注意《ちゅうい》をした。

私《わたし》たち二人《ふたり》の子《こ》どもは、光正《みつまさ》そっくりの男《おとこ》の子《こ》。ルックスもよくて、なんでもできて、完璧《かんぺき》。そして……人《ひと》の心《こころ》が読《よ》めるところも、受《う》け継《つ》いだ。

いまだって、おとなしく遊《あそ》んでると思《おも》ったら……光正《みつまさ》とタカマサは脳内会話《のうないかいわ》してたの？

「こら、そんなこといっちゃ……やめなさい。かわいそうだろう、ママが！」

光正《みつまさ》はあわててタカマサに注意《ちゅうい》をした。

「なんてこというんだ！　え？　えーっ？」

え？　なに？　なにいってたの？

タカマサは無言《むごん》でじっと私《わたし》を見《み》ているけど、なにを考《かんが》えているかはわからなくて……。

☆★☆

（そうか。光正《みつまさ》さんと結婚《けっこん》したらそんな悩《なや》みが続《つづ》いていくのかもしれない……）

光正《みつまさ》が人《ひと》の心《こころ》を読《よ》めるという事実《じじつ》をあらためて考《かんが》え、木絵《きえ》の心《こころ》は、次第《しだい》に不安《ふあん》に揺《ゆ》れはじめた。


それから数日後《すうじつご》、会社帰《かいしゃがえ》りに光正《みつまさ》に誘《さそ》われた。食後《しょくご》、二人《ふたり》で夜景《やけい》がきれいに見《み》える道《みち》を歩《ある》いていたとき、光正《みつまさ》が突然《とつぜん》きりだした。

「内示《ないじ》がでた。ロンドン支社《ししゃ》」

「え……ロンドン？」

光正《みつまさ》は今日《きょう》、上司《じょうし》に呼《よ》ばれ、次《つぎ》の人事《じんじ》で現地法人《げんちほうじん》の子会社化《こがいしゃか》にともなう統括業務《とうかつぎょうむ》を手《て》がけてほしい、と、いわれたそうだ。

「ちょうどいい機会《きかい》だから式《しき》も早《はや》められたら」

光正《みつまさ》はいうけれど……。

（でも。まだ結婚《けっこん》認《みと》められたわけじゃないし……いいのかな）

そんな考《かんが》えが、頭《あたま》の中《なか》をよぎる。

「大丈夫《だいじょうぶ》。きっとわかってくれる」

光正《みつまさ》がその声《こえ》に返事《へんじ》をした。

（あ、そうか。考《かんが》えてることは全部《ぜんぶ》伝《つた》わってるんだ）

あらためてそのことに戸惑《とまど》いながら、木絵《きえ》はあわてて微笑《ほほえ》んだ。

（……でも。いきなりロンドンでやっていけるかなあ）

「不安《ふあん》？」

「ちがうの！」

すぐに否定《ひてい》したけれど。

(そりゃ不安《ふあん》……)

同時《どうじ》に心《こころ》の中《なか》でつぶやいてしまう。

「なんでもない！」

なんとか本音《ほんね》を隠《かく》さなきゃ。ええとええと……。

あたりを見《み》まわすと、目《め》の前《まえ》のビルのモニターが目《め》に飛《と》びこんできた。大草原《だいそうげん》に一本《いっぽん》の木《き》が立《た》っている、保険会社《ほけんがいしゃ》の宣伝《せんでん》だ。

(あれだ！　頭《あたま》を真《ま》っ白《しろ》にして、あのモニターにだけ集中《しゅうちゅう》するのよ……)

と、頭《あたま》の中《なか》が一瞬《いっしゅん》にして、環境《かんきょう》ビデオの一場面《ばめん》のようになる。

「ご栄転《えいてん》おめでとう、光正《みつまさ》さん」

どうにか頭《あたま》の中《なか》のチャンネルを〝草原《そうげん》と木《き》〟の映像《えいぞう》にしながら、木絵《きえ》は笑顔《えがお》をつくってみせた。

10

茂子《しげこ》と和正《かずまさ》、木絵《きえ》の異変《いへん》に気《き》づく

茂子《しげこ》

兄《あに》がロンドンに行《い》く。木絵《きえ》をつれて。

茂子《しげこ》と和正《かずまさ》がそう知《し》らされた数日後《すうじつご》の日曜日《にちようび》、兄《あに》が木絵《きえ》をつれて、マサオと母《はは》に、その報告《ほうこく》に来《き》た。

「行《い》くというの？　二人《ふたり》で」

母《はは》は、驚《おどろ》きと怒《いか》りに、いつにもまして目《め》を吊《つ》りあげている。

「ロンドンだったらちょうどいいね、おばあちゃんもいるし」

自分《じぶん》たちもよく行《い》くし、と、マサオはいつもよりさらにうかれた様子《ようす》だ。

「あなた！」

マサオは母《はは》にぴしゃりと注意《ちゅうい》された。

「私《わたし》は反対《はんたい》したはずよ」

母《はは》はいつもの調子《ちょうし》で兄《あに》を責《せ》めたてた。

「僕《ぼく》の気持《きも》ちは変《か》わりません」

意志《いし》の固《かた》い兄《あに》からは目《め》をそらし、母《はは》は木絵《きえ》を見《み》た。

「ロンドン滞在《たいざい》ともなると、光正《みつまさ》の祖母《そぼ》は伯爵家《はくしゃくけ》の一人娘《ひとりむすめ》ですから、上流社会《じょうりゅうしゃかい》でのおつきあいもあります」

威圧《いあつ》するように立《た》ちあがり、図書室《としょしつ》に行《い》く。

「妻《つま》として完璧《かんぺき》なキングスイングリッシュを話《はな》せること。他《ほか》にも社交《しゃこう》ダンス、乗馬《じょうば》、テニス、ゴルフ……」

図書室《としょしつ》からそれらの本《ほん》を持《も》ってきて、木絵《きえ》の前《まえ》にドサッと置《お》いた。

「またそんな無理難題《むりなんだい》……」

兄《あに》はあきれていた。

「由布子《ゆうこ》さん、なんでもできるから」

マサオは、僕《ぼく》の奥《おく》さんすごいだろ、とばかりに母《はは》の肩《かた》を抱《だ》いてニコニコしている。

「要《よう》は、ひと通《とお》りたしなみがあって、物《もの》おじせずふるまえればいいの。簡単《かんたん》なことでしょう？」

その言葉《ことば》の裏《うら》にはもちろん、簡単《かんたん》じゃありませんからね、という意味《いみ》がこめられている。

「……努力《どりょく》します」

(え？)

茂子《しげこ》は心《こころ》の中《なか》で驚《おどろ》き、木絵《きえ》を凝視《ぎょうし》した。和正《かずまさ》も同時《どうじ》に、だ。

なにしろ木絵《きえ》の頭《あたま》の中《なか》が〝草原《そうげん》と木《き》〟の映像《えいぞう》になっていたからだ。

『……なに、あの環境《かんきょう》ビデオみたいな』

和正《かずまさ》が脳内会話《のうないかいわ》で茂子《しげこ》にたずねてきた。

『もしかして……私《わたし》たちに心《こころ》を読《よ》まれるのをシャットアウトしてるのかな？』

どうやら、必死《ひっし》で精神統一《せいしんとういつ》をしているみたい……。

「……行《い》こう、木絵《きえ》」

兄《あに》は話《はなし》を打《う》ちきるようにして、木絵《きえ》の背中《せなか》に手《て》をまわした。

「そうだ、来週末《らいしゅうまつ》、パーティがあるんだけど」

マサオが立《た》ちあがった。

「高台《こうだい》グループ関連会社《かんれんがいしゃ》のエグゼクティブが集《あつ》まるパーティ。来《き》てよ。木絵《きえ》さんもまずはそういう場《ば》に慣《な》れてもらわないと」

ね？　と、マサオが母《はは》を見《み》る。

「……もしその場《ば》でなにかしくじったり粗相《そそう》があったりしたら。そのときはこのお話《はなし》はなかったことに」

母《はは》にいわれ、木絵《きえ》は一瞬動揺《いっしゅんどうよう》したみたいだったけれど、すぐに頭《あたま》の中《なか》を〝草原《そうげん》と木《き》〟にもどした。

11

木絵《きえ》、さらに深《ふか》い闇《やみ》へ

木絵《きえ》

高台家《こうだいけ》からの帰《かえ》り道《みち》、木絵《きえ》は光正《みつまさ》に送《おく》ってもらっていた。

「なんだか妙《みょう》な条件《じょうけん》つけられたけど」

歩《ある》きながら、光正《みつまさ》がきりだす。「木絵《きえ》はいまのまま、なにも変《か》わらなくていいから。ていうか、変《か》わってほしくない」

「……大丈夫《だいじょうぶ》」

心《こころ》を読《よ》まれないように、脳内《のうない》のチャンネルを〝草原《そうげん》と木《き》〟の映像《えいぞう》にきりかえたまま、にっこりと笑《わら》った。

「せっかくいただいたチャンス。私《わたし》……がんばるから」

「……木絵《きえ》」

光正《みつまさ》はいとおしそうに、でもすこし不安《ふあん》げに、見《み》つめてきた。

そんなふうに見《み》つめてくれるのは嬉《うれ》しいけど、ずっと〝草原《そうげん》と木《き》〟をたもっているのは辛《つら》い。早《はや》く一人《ひとり》になりたい。楽《らく》になりたい。

「……今日《きょう》はここで。また」

とにかく光正《みつまさ》からはなれたい。

木絵《きえ》は急《いそ》ぎ足《あし》で駅《えき》まで走《はし》った。

(……疲《つか》れる！　なんにも思《おも》わないようにするのって、ものすごく疲《つか》れる)

ようやく、素《す》にもどることができた。

(ああ、これでやっと自由《じゆう》に好《す》きなこと……)

そこまで考《かんが》えて、木絵《きえ》ははっと気《き》づいた。光正《みつまさ》が自分《じぶん》を追《お》ってきていた。

「……これ、本《ほん》」

光正《みつまさ》はためらいがちに紙袋《かみぶくろ》をさしだした。さっき由布子《ゆうこ》が、高台家《こうだいけ》の図書室《としょしつ》からドサッとだしてきた本《ほん》が入《はい》っている。

「……ありがとう」

受《う》け取《と》ったものの、なんだか気《き》まずい。

「じゃあ」

笑顔《えがお》もなく背中《せなか》をむけて、逃《に》げるように改札《かいさつ》に入《はい》った。


ズルズル、ズルズル。

木絵《きえ》は部屋《へや》でカップラーメンをすすっていた。気疲《きづか》れしてしまって夕飯《ゆうはん》をつくる気《き》になれなくて、結局《けっきょく》これだ……。

「苦《くる》しくないでゲスか？」

と、テレビのうしろから謎《なぞ》の妖精《ようせい》がひょっこり現《あらわ》れた。

「自由《じゆう》に好《す》きなことを思《おも》えないなんて……辛《つら》いでゲスね」

「……うん、辛《つら》い」

辛《つら》いに決《き》まってる。正直《しょうじき》な気持《きも》ちを口《くち》にした。

と、そこに携帯《けいたい》が鳴《な》った。

「もしもし？」

「ちょっと木絵《きえ》」

電話《でんわ》してきたのは、実家《じっか》の母《はは》、圭子《けいこ》だった。

「送《おく》ってもらった写真見《しゃしんみ》たけど……なんなの、あの王子《おうじ》さまみたいな人《ひと》は！」

「だから、驚《おどろ》かないでって」

ついこの間《あいだ》、この人《ひと》と結婚《けっこん》したい、と、光正《みつまさ》と二人《ふたり》で写《うつ》っている写真《しゃしん》を送《おく》った。見《み》る前《まえ》に、驚《おどろ》かないでね、と、電話《でんわ》で念《ねん》を押《お》しておいたけど……。

(でもそりゃあ……驚《おどろ》くよね)

「お兄《にい》ちゃんも『やるじゃないか』って。お父《とう》さんなんてすっかり舞《ま》いあがって、ご先祖《せんぞ》さまに報告《ほうこく》してる」

父《ちち》の良男《よしお》は地方《ちほう》の酒屋《さかや》の店主《てんしゅ》で、その名《な》のとおり実《じつ》にいい人《ひと》だ。いまは仏壇《ぶつだん》の前《まえ》でひたすら娘《むすめ》の良縁《りょうえん》を感謝《かんしゃ》しているという。

「……ねえ、お母《かあ》さん」

ちょうどいいタイミングだし、相談《そうだん》するなら母《はは》だろう。

「努力《どりょく》って必要《ひつよう》だよね」

「え？　努力《どりょく》？」

「結婚生活《けっこんせいかつ》……相手《あいて》にあわせたり、いやな思《おも》いさせないよう我慢《がまん》したり。そういうの大事《だいじ》だよね」

木絵《きえ》は自分《じぶん》にいいきかせるように、ひと言《こと》ひと言《こと》いう。

すると母《はは》はなにかを察《さっ》したようだ。

「……無理《むり》したってボロがでるよ。木絵《きえ》は木絵《きえ》らしくいればいい」

まさに、いまの自分《じぶん》は無理《むり》している……。

表情《ひょうじょう》は曇《くも》っていくばかりだった。

茂子《しげこ》

「みっちゃんがロンドンに赴任《ふにん》になるんだって」

茂子《しげこ》は、ヨシマサの往診《おうしん》に来《き》てくれた純《じゅん》に告《つ》げた。

純《じゅん》に悲《かな》しい思《おも》いはさせたくない。でもいわないのも不自然《ふしぜん》だと思《おも》って、さりげない調子《ちょうし》できりだした。

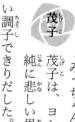

「……ロンドン」

リビングでヨシマサに聴診器《ちょうしんき》をあてながら、純《じゅん》は一瞬《いっしゅん》、遠《とお》い目《め》をした。

「じゃあ、いよいよ光正《みつまさ》さん、木絵《きえ》さんと？」

純《じゅん》は無理《むり》に笑顔《えがお》をつくる。

「……今度《こんど》のお披露目《ひろめ》パーティが済《す》んだら、の話《はなし》だけどね」

茂子《しげこ》がいうと、純《じゅん》は図書室《としょしつ》にいる二人《ふたり》をふりかえった。

今日《きょう》はちょうど木絵《きえ》が高台家《こうだいけ》に来《き》ているのだ。やっぱり頭《あたま》の中《なか》を〝草原《そうげん》と木《き》〟のままにして。

木絵《きえ》

木絵《きえ》は光正《みつまさ》と、図書室《としょしつ》でロンドンの本《ほん》を探《さが》していた。

「おばあさまが？」

「ゆうべ電話《でんわ》したら……」

木絵《きえ》に早《はや》く会《あ》いたい。

アンはそういってくれたそうだ。そして、二人《ふたり》が結婚《けっこん》してロンドンに来《く》るのなら、いつでも会《あ》えるわね、と喜《よろこ》んでくれてもいたらしい。いまやもう杖《つえ》なしでは歩《ある》けないアンが日《に》本《ほん》での結婚式《けっこんしき》に来《く》るのはむずかしい。そんなアンにとっては、光正《みつまさ》のロンドン赴任《ふにん》は、なにより嬉《うれ》しかったという。

「……私《わたし》」

頭《あたま》の中《なか》のチャンネルを〝草原《そうげん》と木《き》〟にきりかえたまま、木絵《きえ》は光正《みつまさ》を見《み》あげていう。

「がんばるね。英会話《えいかいわ》、社交《しゃこう》ダンス、ゴルフにテニス、乗馬《じょうば》」

そういいつつも不安《ふあん》な気持《きも》ちがだんだんとうかんできて〝草原《そうげん》と木《き》〟の映像《えいぞう》はみだれがちだ。

「そんな、無理《むり》しないで……」

光正《みつまさ》に、いわれた。

高台家《こうだいけ》で開催《かいさい》されるパーティで粗相《そそう》をしないために、あれからびっしり、由布子《ゆうこ》にお稽《けい》古《こ》のスケジュールをいれられた。

英会話《えいかいわ》、お茶《ちゃ》、お花《はな》、マナー、料理《りょうり》……。

お茶《ちゃ》では正座《せいざ》から立《た》ちあがるときに足《あし》がしびれて、思《おも》いっきりひっくりかえった。それも、家元《いえもと》の膝《ひざ》の上《うえ》に着地《ちゃくち》、というとんでもないことになって、由布子《ゆうこ》の顔《かお》は真《ま》っ青《さお》になったかと思《おも》えば、怒《いか》りで真《ま》っ赤《か》になった。

お花《はな》はセンスがないし、英会話《えいかいわ》はそもそも語学《ごがく》の才能《さいのう》がないせいか、〝アイム・ファイン・センキュー〟レベルから上達《じょうたつ》しない。マナーと料理《りょうり》はそれにくらべたらまだマトモ。でも、由布子《ゆうこ》の満足《まんぞく》するレベルにはほど遠《とお》い……。

それでも。

お稽古《けいこ》のおかげで光正《みつまさ》とのデートの時間《じかん》がなくなって、木絵《きえ》はすこしホッとしている自分《じぶん》に気《き》づいていた。心《こころ》を読《よ》まれてしまう光正《みつまさ》より、たとえ自分《じぶん》に厳《きび》しくてもテレパシー能《のう》力《りょく》のない由布子《ゆうこ》のほうが、一緒《いっしょ》にいて気《き》が楽《らく》だったりする。

（はたしてこんなことでいいんだろうか？）

結局《けっきょく》、すべては光正《みつまさ》に筒抜《つつぬ》けだ。木絵《きえ》が無理《むり》していることも。保険会社《ほけんがいしゃ》のモニター〝草《そう》原《げん》と木《き》〟の映像《えいぞう》に集中《しゅうちゅう》して、考《かんが》えを知《し》られないようにしていることも。

そう思《おも》うと、がんばって笑顔《えがお》をつくっていることからなにから、すべてが無駄《むだ》なようでむなしくなってくる。

でも、木絵《きえ》は自分《じぶん》にいいきかせるようにいった。

「どこまでできるかわからないけど。でもがんばらないと」

12 茂子《しげこ》、本当《ほんとう》の気持《きも》ちに気《き》づく

茂子《しげこ》

茂子《しげこ》は、純《じゅん》の心《こころ》の声《こえ》に耳《みみ》をかたむけていた。

(もしあの日《ひ》、告白《こくはく》できてたら……なにか変《か》わってたかな)

高台家《こうだいけ》のリビングでヨシマサの診察《しんさつ》を終《お》えた純《じゅん》は、光正《みつまさ》に思《おも》いをはせていた。

(五年前《ねんまえ》、和正《かずまさ》くんじゃなくて、ちゃんと光正《みつまさ》さんに告白《こくはく》できていたらもしかして……)

純《じゅん》のそばにいる茂子《しげこ》には、彼女《かのじょ》の心《こころ》の中《なか》が見《み》えてしまい、胸《むね》が痛《いた》い。これまで十年《ねん》、ずっと純《じゅん》の思《おも》いをわかっていながらも、どうしてあげることもできなかった。

(いや、変《か》わらないか。でもはっきりフラれたら……いっそのことすっきりしたかも)

ヨシマサをなでていた純《じゅん》が顔《かお》をあげると、ちょうどリビングに入《はい》ってきた和正《かずまさ》と目《め》があった。

和正《かずまさ》が、めずらしく素直《すなお》に純《じゅん》に笑《わら》いかける。

なのに、純《じゅん》は、心《こころ》の中《なか》で和正《かずまさ》にいった。

（……なにやついてんの、こいつ。また人《ひと》の不幸《ふこう》をおもしろがって。本当《ほんとう》に性格悪《せいかくわる》い、このバカ弟《おとうと》！）

（は？　いまのは本気《ほんき》でかわいそうだと思《おも》って微笑《ほほえ》みかけたのに）

和正《かずまさ》は憮然《ぶぜん》とし、純《じゅん》は和正《かずまさ》からプイと顔《かお》をそむけた。

二人《ふたり》の気持《きも》ちが読《よ》み取《と》れる茂子《しげこ》だけど、基本的《きほんてき》に兄弟《きょうだい》の恋愛《れんあい》には首《くび》を突《つ》っこまないようにしてる。

とはいえまったく、和正《かずまさ》の純《じゅん》への気持《きも》ちは見《み》え見《み》えなのに、じれったいというか、なんというか……。

「まだちょっと消化《しょうか》が悪《わる》いみたいだから、薬《くすり》だしておくね……」

純《じゅん》がヨシマサの診察結果《しんさつけっか》を説明《せつめい》してくれる。

ソファに座《すわ》った和正《かずまさ》は顔《かお》をあげて、ちらちらと純《じゅん》を気《き》にしている。

そんな和正《かずまさ》に気《き》がついたのが、図書室《としょしつ》にいる木絵《きえ》だった。

ここ数日《すうじつ》、木絵《きえ》の頭《あたま》の中《なか》をおおっていた〝草原《そうげん》と木《き》〟の映像《えいぞう》がみだれはじめる。

と、〝草原《そうげん》と木《き》〟の映像《えいぞう》の中《なか》にある木《き》の陰《かげ》に隠《かく》れていた木絵《きえ》がひょこっと顔《かお》をだす、そんな彼女《かのじょ》の妄想《もうそう》が飛《と》びこんできた。

それに続《つづ》いて、木絵《きえ》の心《こころ》の声《こえ》も聞《き》こえてきた。

（……やっぱり、和正《かずまさ》くんは純先生《じゅんせんせい》が好《す》きなんだ）

「はあ？　別《べつ》に……！」

それを聞《き》いた和正《かずまさ》が、ついムキになって声《こえ》をあげてしまった。「……だから俺《おれ》は！　そんな気《き》ないし……じゃなくて、純先生《じゅんせんせい》は兄貴《あにき》のこと好《す》きだったんだもんね、十年間《ねんかん》ずっと！」

和正《かずまさ》はすっかり興奮《こうふん》してわめいている。

「……ちょっと！」

茂子《しげこ》があわててとめたときには、遅《おそ》かった。

突拍子《とっぴょうし》もないことをいいだした和正《かずまさ》に、純《じゅん》は、

（なにいってくれてんの、こいつ！）

と、心《こころ》の中《なか》で叫《さけ》びながら、木絵《きえ》のとなりにいる兄《あに》にむかって必死《ひっし》で否定《ひてい》する。

「ちがっ、ちがいますよ！」

「うん、こいつバカだから」

本気《ほんき》にしてないから大丈夫《だいじょうぶ》だよ、と、兄《あに》は純《じゅん》を気《き》づかって微笑《ほほえ》んだ。

それでも純《じゅん》の心《こころ》の声《こえ》が響《ひび》いてきて、

(このバカ弟《おとうと》！)

彼女《かのじょ》のはらわたは煮《に》えくり返《かえ》っていた。

「じゃ……私《わたし》はこれで。今日《きょう》はヨシマサくん診《み》に来《き》ただけなので」

いたたまれなくなったのだろう。純《じゅん》は、そそくさと往診《おうしん》バッグに荷物《にもつ》をまとめてでていってしまった。

「あんた、最低《さいてい》！」

「いいかげんにしろよ、おまえ」

茂子《しげこ》は兄《あに》と二人《ふたり》で、和正《かずまさ》をにらみつけた。

「ちがうよ、俺《おれ》はただ……ていうか、なんで急《きゅう》に、木陰《こかげ》から顔《かお》だすとか、あんな妄想《もうそう》」

和正《かずまさ》は木絵《きえ》をにらんだ。

木絵《きえ》はそこで察《さっ》したようだった。この騒《さわ》ぎを起《お》こしたのは、さっきの自分《じぶん》の妄想《もうそう》と心《こころ》の中《なか》でのつぶやきなのだ、と。

和正《かずまさ》はバツが悪《わる》くなり、立《た》ちあがってリビングをあとにする。

「……別《べつ》に木絵《きえ》のせいじゃ」

兄《あに》が木絵《きえ》をかばっている。

木絵《きえ》のフォローは兄《あに》にまかせて、茂子《しげこ》はあわてて純《じゅん》を追《お》いかけた。

高台家《こうだいけ》の三兄妹弟《きょうだい》は、リビングに顔《かお》をそろえていた。それぞれ無言《むごん》なのに、頭《あたま》の中《なか》は読《よ》めてしまう。でもいまは、三人《にん》それぞれ思考《しこう》がぐちゃぐちゃにみだれていた。

「気《き》にすることないのに」

とりあえず茂子《しげこ》は、一番暗《ばんくら》い顔《かお》をしている兄《あに》にいった。

あれから木絵《きえ》は、トラブルを起《お》こしたのは自分《じぶん》だと責任《せきにん》を感《かん》じ、すっかりおちこんでいたらしい。兄《あに》が駅《えき》まで送《おく》っていく間《あいだ》も、うつむいたままなにもしゃべらなかったという。

「悪《わる》いのは和正《かずまさ》なんだから」

茂子《しげこ》の言葉《ことば》に和正《かずまさ》は憮然《ぶぜん》としている。

「これでまた木絵《きえ》さん、ますます心《こころ》の中隠《なかかく》そうとするね。あんなふうにシャットアウトされたらなに考《かんが》えてるのか全然《ぜんぜん》……」

「でも。それふつうでしょ」

和正《かずまさ》が茂子《しげこ》のいうことをさえぎった。

「え？」

「相手《あいて》の本音《ほんね》なんてふつうわからない。妄想《もうそう》だって見《み》えない。つまり、兄貴《あにき》たちはこれでやっとふつうの関係《かんけい》」

和正《かずまさ》はそれだけいうと、リビングをでていってしまった。

（それはたしかに、和正《かずまさ》のいうとおりだ……、わかってる。でもどうにかしなきゃ）

もどかしくてたまらない兄《あに》の頭《あたま》の中《なか》が、読《よ》めてしまう。なにか声《こえ》をかけるか、それとも一人《ひとり》にさせてあげたほうがいいのか迷《まよ》っていると、携帯《けいたい》が鳴《な》った。

浩平《こうへい》からだった。

高台《こうだい》へ、ひさしぶり。週末《しゅうまつ》、会《あ》える？

兄《あに》には申《もう》し訳《わけ》ないけど、茂子《しげこ》はだんだん気持《きも》ちがはずんでくるのを感《かん》じていた。

木絵《きえ》

「王子《おうじ》と結婚《けっこん》したら、一生《いっしょう》ああいう生活《せいかつ》なんでゲスよ」

あれから、謎《なぞ》の妖精《ようせい》が一日《にち》に何度《なんど》も現《あらわ》れて木絵《きえ》にささやく。

いわれなくたって、わかってる。あまりにも考《かんが》えすぎて、もうため息《いき》すらでつくした。

「ちょっと木絵《きえ》ちゃん、聞《き》いてる？　人《ひと》の話《はなし》」

「……え？」

弓子《ゆみこ》に声《こえ》をかけられて、木絵《きえ》は我《われ》に返《かえ》った。

そういえば、弓子《ゆみこ》と資料室《しりょうしつ》にむかって社内《しゃない》の廊下《ろうか》を歩《ある》いているところだった。

「さては、高台王子《こうだいおうじ》ととんとん拍子《びょうし》にうまくいきすぎて、妄想羽《もうそうは》ばたいてる？」

「……いえ、その反対《はんたい》」

と、そのとき、前方《ぜんぽう》の会議室《かいぎしつ》から光正《みつまさ》がでてきた。

あわてて頭《あたま》の中《なか》をいつもの〝草原《そうげん》と木《き》〟の映像《えいぞう》にきりかえて、笑顔《えがお》をつくる。

光正《みつまさ》も微笑《ほほえ》み返《かえ》してきた。

二人《ふたり》はひと言《こと》もかわさずに、すれちがった。

光正《みつまさ》が角《かど》をまがったのをたしかめてから、頭《あたま》の中《なか》を〝草原《そうげん》と木《き》〟からふつうの状態《じょうたい》にもどしたけど……息苦《いきぐる》しさは、しばらくぬぐえなかった。

茂子《しげこ》

メールをもらった翌週末《よくしゅうまつ》の夕方《ゆうがた》、茂子《しげこ》は浩平《こうへい》と公園《こうえん》で会《あ》っていた。

「これ、本屋《ほんや》で見《み》つけたんだ」

浩平《こうへい》が一冊《いっさつ》の本《ほん》を渡《わた》してくる。「『ナスカの地上絵《ちじょうえ》の謎《なぞ》』。高台《こうだい》、読《よ》みたいっていってたから」

「ありがとう……」

ずいぶん前《まえ》にいったことなのに覚《おぼ》えててくれたんだ……と、感激《かんげき》の気持《きも》ちがこみあげてきたとき、

「こんにちはー」

突然《とつぜん》目《め》の前《まえ》に、いかにも女子大生《じょしだいせい》っぽい雰囲気《ふんいき》の子《こ》が現《あらわ》れた。

「どうしたの？」

浩平《こうへい》が驚《おどろ》いている。

「私《わたし》も高台《こうだい》さんにお会《あ》いしてみたくて。お仕事《しごと》、ファッション系《けい》なんですよね、すごーい！」

彼女《かのじょ》は実《じつ》に可愛《かわい》らしくふるまっていた。でも心《こころ》の中《なか》は……。

(決《き》まってるでしょ。見張《みは》りに来《き》たの)

どうやらそういうことらしい。

「同《おな》じ大学院《だいがくいん》の後輩《こうはい》」

浩平《こうへい》が紹介《しょうかい》してくれた。

「三浦知沙《みうらちさ》です。はじめまして」

この前《まえ》のメールの〝ちさちゃん〟だ。

「もしかして彼女《かのじょ》？」

浩平《こうへい》は微妙《びみょう》に首《くび》をかしげながら、そういった。

「……かな」

「うそ、いつのまに？」

茂子《しげこ》はいつもの口調《くちょう》でふるまう。

「私《わたし》から告白《こくはく》したんです」

知沙《ちさ》はとびきりの笑顔《えがお》でいった。

(私《わたし》の彼《かれ》よ、覚《おぼ》えておいて)

「よく浩平《こうへい》さんから高台《こうだい》さんの話《はなし》聞《き》いてて。すごく仲《なか》よさそうだから、おつきあいしてるのかと」

「だからいったんだ。高台《こうだい》は並《なみ》の男《おとこ》より男前《おとこまえ》だから、飲《の》み仲間《なかま》みたいなもんだ、って」

「いいですよね、そういう関係《かんけい》」

(ほら、ただの飲《の》み仲間《なかま》だって。聞《き》いたでしょ？　しゃしゃりでてこないでね)

並《なみ》の男《おとこ》より男前《おとこまえ》の、飲《の》み仲間《なかま》……。

(そうだったんだ……うん、そうだよね。自分《じぶん》にとっても浩平《こうへい》はいい友《とも》だちのはずで……でも……)

知沙《ちさ》が心《こころ》の中《なか》で自分《じぶん》をけん制《せい》したり攻撃《こうげき》したりしてくるどの言葉《ことば》より、浩平《こうへい》のその言葉《ことば》が、ぐさりときた。

「……ごめん。私《わたし》、帰《かえ》るね」

たえきれなくなって、ベンチから立《た》ちあがった。

「え？」

浩平《こうへい》が驚《おどろ》いている。

(なんで帰《かえ》っちゃうの？　高台《こうだい》が帰《かえ》ることないじゃん)

そんな心《こころ》の声《こえ》も聞《き》こえてくる。

けれどもうこれ以上《いじょう》ここにはいたくないし、いられない。くちびるをかみしめ、どうにか感情《かんじょう》をこらえながら、立《た》ち去《さ》った。

(イヤだ)

公園《こうえん》をでて、茂子《しげこ》はぐんぐん歩調《ほちょう》を早《はや》めていった。

（あの子嫌《こきら》い）

一人《ひとり》で歩《ある》いていると、感情《かんじょう》が、あふれてくる。

（なんであんな……浩平《こうへい》ならもっと他《ほか》に誰《だれ》か）

と、足《あし》をとめた。

（誰《だれ》かって……誰《だれ》？）

大《おお》きな瞳《ひとみ》が、涙《なみだ》でいっぱいになる。

（……バカね。人《ひと》の心《こころ》の中《なか》ばかりのぞいて。自分《じぶん》の本心《ほんしん》には気《き》づいてなかった）

13

木絵《きえ》の心《こころ》にいったいなにが起《お》きたのか

木絵《きえ》

今日《きょう》はついに高台家《こうだいけ》のパーティ。

木絵《きえ》は新調《しんちょう》したばかりのシックなワンピースを着《き》て、部屋《へや》の鏡《かがみ》の前《まえ》に立《た》っていた。

髪《かみ》の毛《け》も美容院《びよういん》に行《い》って整《ととの》えた。これでしたくは完璧《かんぺき》！　なはずだけど……。気《き》持《も》ちはうきたたない。

そんなとき、携帯《けいたい》が鳴《な》った。

(あれ？　茂子《しげこ》さん？　めずらしいな)

「はい」

でも茂子《しげこ》はなにもいわない。

「茂子《しげこ》さん？　どうしたの？」

もうみんなそろってるから、早《はや》く来《く》るように、っていう電話《でんわ》？

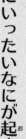

でも、まわりはなんだかパーティとはちがった雰囲気《ふんいき》で、ざわざわしている。

「……いま、いつもの店《みせ》にいるんだけど。飲《の》みたくなって……つきあってもらえます？」

「今日《きょう》はこれから……あの」

「……あ、そうか。パーティね」

「茂子《しげこ》さんは？　行《い》かないの？」

「パス。がんばってね、木絵《きえ》さん」

明《あか》るい口調《くちょう》で電話《でんわ》はきれた。

光正《みつまさ》

そのころ光正《みつまさ》は、おちつかない思《おも》いで木絵《きえ》の到着《とうちゃく》を待《ま》っていた。

高台家《こうだいけ》のリビングには、招待客《しょうたいきゃく》がちらほらと集《あつ》まりかけていた。

「木絵《きえ》さんは？」

マサオが光正《みつまさ》にたずねてくる。

「それが……まだ」
早《はや》めに来《く》るように、といっておいたのに。
不安顔《ふあんがお》の光正《みつまさ》の横《よこ》で、母《はは》が苛立《いらだ》たしげに時計《とけい》を見《み》あげていた。

　茂子《しげこ》は飲《の》み屋《や》のテーブルに肘《ひじ》をつきながら、これまで浩平《こうへい》とかわしたメールのやりとりを読《よ》んでいた。どれも短《みじか》い、たわいのないやりとりばかりだ。

茂子《しげこ》

高台《こうだい》、おはよう
じゃあおやすみ、高台《こうだい》
浩平《こうへい》は茂子《しげこ》のことを高台《こうだい》、と呼《よ》ぶ。それは、とても心地《ここち》いい響《ひび》きだった。
高台《こうだい》へ、ひさしぶり……
ようやく一番《ばん》最近《さいきん》のやりとりまでたどりついた。
やめればいいとわかっているのに、今度《こんど》は大学《だいがく》のゼミ合宿《がっしゅく》の写真《しゃしん》をクリックしてしまう。

茂子《しげこ》と浩平《こうへい》は、となりにならんで満面《まんめん》の笑《え》みをうかべていた。一緒《いっしょ》にいるのがあたりまえだと思《おも》っていた。なのにいつのまにかこんなに特別《とくべつ》な存在《そんざい》になっていた……。

知《し》らないうちに、顔《かお》が涙《なみだ》でぐしゃぐしゃになっている。その涙《なみだ》をぬぐったとき、すっととなりに誰《だれ》かが座《すわ》った。

顔《かお》をあげると、木絵《きえ》だった。

「……私《わたし》も、飲《の》みたくなって」

言葉《ことば》とは不釣《ふつ》りあいなワンピース姿《すがた》で、木絵《きえ》はそんなことをいう。それに……急《いそ》いでかけつけてくれたのか、肩《かた》で息《いき》をしている。

あわてて涙《なみだ》をぬぐい、携帯《けいたい》をしまった。

いままで泣《な》いていたのが見《み》え見《み》えの自分《じぶん》を見《み》ても、木絵《きえ》はなにもいわない。ただそっとやさしく、背中《せなか》に手《て》をあててくれる。

「……飲《の》もう？」

にっこりと笑《わら》う木絵《きえ》から、

(大丈夫《だいじょうぶ》。茂子《しげこ》さんなら、絶対《ぜったい》、大丈夫《だいじょうぶ》)

そんな言葉《ことば》が伝《つた》わってくる。そしてなにより、木絵《きえ》の手《て》はあたたかい。木絵《きえ》と一緒《いっしょ》にいると、ほわんとあたたかいオーラに包《つつ》まれて、だんだん気持《きも》ちがおちついてくる。

そこで茂子《しげこ》はハッとした。

「……パーティは？」

木絵《きえ》は、なにも答《こた》えない。

「……なにが大丈夫《だいじょうぶ》なのよ、もう！」

茂子《しげこ》は無理《むり》やり木絵《きえ》を立《た》ちあがらせ、グイッとひっぱった。


木絵《きえ》は茂子《しげこ》にひっぱられて、高台家《こうだいけ》に飛《と》びこんだ。

「あっ、来《き》た」

「木絵《きえ》……！」

木絵《きえ》

和正《かずまさ》と光正《みつまさ》が同時《どうじ》に声《こえ》をあげる。二人《ふたり》はパーティ会場《かいじょう》のリビングのドアの前《まえ》で、もどかしげに待《ま》っていた。

「……ごめんなさい」

タクシーを降《お》りてアプローチを走《はし》っただけで、息《いき》がきれる。でも、アプローチが長《なが》かったおかげで、脳内《のうない》のチャンネルを〝草原《そうげん》と木《き》〟の映像《えいぞう》にきりかえることができた。

「あのね、みっちゃん……」

茂子《しげこ》が口《くち》を開《ひら》いた。

でも光正《みつまさ》は聞《き》く耳《みみ》を持《も》たずに木絵《きえ》の手《て》をひっぱった。

無言《むごん》で廊下《ろうか》を歩《ある》いていった光正《みつまさ》は、リビングからはなれた階段《かいだん》をおりて、途中《とちゅう》の踊《おど》り場《ば》で足《あし》をとめる。豪邸《ごうてい》にふさわしい、吹《ふ》きぬけになった立派《りっぱ》な階段《かいだん》だ。

「なにかあった？」

端整《たんせい》な顔立《かおだ》ちに、怒《いか》りがにじみでている。こんな表情《ひょうじょう》の光正《みつまさ》を見《み》たのは初《はじ》めてだ。

「……ごめんなさい」

結局《けっきょく》、あやまることしかできない。

光正《みつまさ》は苛立《いらだ》ちをつのらせているのか、体《からだ》をふるわせている。

「メールで、遅《おく》れる、だけじゃ、みんな心配《しんぱい》する。特《とく》に今日《きょう》は……」

「……ごめんなさい」

「……話《はな》してくれなきゃわからない」

そういわれても、言葉《ことば》がでてこない。

脳内《のうない》のチャンネルをきりかえると考《かんが》えていることを全部読《ぜんぶよ》まれてしまう。そうしたら茂子《しげこ》のことが光正《みつまさ》と和正《かずまさ》に知《し》られてしまう。いま、自分《じぶん》が光正《みつまさ》との結婚《けっこん》に迷《まよ》っていることも、だ。

「締《し》めだされたら……わからなくなる、木絵《きえ》が」

「……そんなつもりは」

「前《まえ》にいってくれた。『気持《きも》ちが伝《つた》わったらいい』って。『しゃべるの苦手《にがて》だから、伝《つた》わると安心《あんしん》』。そういってくれた」

あのときはそうだった。

でもいまは……。

光正《みつまさ》の目《め》を見《み》ることもできず、ただ、うつむいていた。

「僕《ぼく》を受《う》けいれられない？」

目《め》をあげると、困惑顔《こんわくがお》の光正《みつまさ》がいた。

「なら……。言葉《ことば》にできないなら、せめて心《こころ》を見《み》せてくれないと」

「見《み》せるって……」

「木絵《きえ》はなにも変《か》わる必要《ひつよう》なくて。ただ前《まえ》みたいに……」

(前《まえ》みたいに、ってなに？)

そういわれても、それができないから辛《つら》いのに。

ついに、感情《かんじょう》が爆発《ばくはつ》した。でも、口《くち》にだしたのではない。〝草原《そうげん》と木《き》〟の、草原全体《そうげんぜんたい》に響《ひび》きわたるような声《こえ》で叫《さけ》んだのだ。

(心見《こころみ》せろって……なにもかも全部《ぜんぶ》？　読《よ》まれるほうの気持《きも》ち、光正《みつまさ》さんにわかる？)

あまりの勢《いきお》いに、目《め》の前《まえ》の光正《みつまさ》が圧倒《あっとう》されている。

「……ごめんなさい」

あわててあやまった。でももう勢《いきお》いはとまらない。

(さっきまで茂子《しげこ》さんと一緒《いっしょ》にいたの。悲《かな》しそうでほうっておけなくて。だからパーティ

にも遅《おく》れて……。でもホントは、来《く》るのが怖《こわ》かった。来《き》てなにか失敗《しっぱい》したら……？　また
なにか考《かんが》えて騒《さわ》ぎになって……）

自分《じぶん》の考《かんが》えをどう言葉《ことば》にしていいのか、感情《かんじょう》がたかぶって混乱《こんらん》してしまう。

（ならないように気《き》をつけないと……。でも考《かんが》えたり思《おも》ったりがだめなんて、そんなのイ
ヤ……）

「木絵《きえ》さん」

呼《よ》ばれて、はっと我《われ》に返《かえ》った。階段《かいだん》の上《うえ》に、茂子《しげこ》がいる。

「みっちゃん……みんな、心配《しんぱい》してる」

茂子《しげこ》にいわれ、光正《みつまさ》も顔《かお》をあげた。初《はじ》めて木絵《きえ》の本音《ほんね》を聞《き》いて驚《おどろ》いているのか、光正《みつまさ》も
どうしたらいいのかわからないようだ。

「……ごめんなさい」

この場《ば》を混乱《こんらん》させているのは自分《じぶん》。結局《けっきょく》、いつもそうなってしまう。

「どうしたの？　早《はや》く中《なか》に……」

マサオも心配《しんぱい》して、会場《かいじょう》からでてきた。

「もうけっこう」

由布子《ゆうこ》がさえぎった。階段《かいだん》の手《て》すりの上《うえ》から見《み》おろしてくる由布子《ゆうこ》はさらに貫禄《かんろく》がある。

「申《もう》し訳《わけ》ありません」

「礼儀《れいぎ》知《し》らずにもほどがあります。大事《だいじ》なお客《きゃく》さまをないがしろに……」

「木絵《きえ》さんは私《わたし》といてくれたの」

責《せ》めたてる由布子《ゆうこ》を、茂子《しげこ》がさえぎった。

「……好《す》きな人《ひと》に彼女《かのじょ》ができて、おちこんでた私《わたし》と一緒《いっしょ》にいてくれた」

その言葉《ことば》に、その場《ば》にいたみんなが黙《だま》りこむ。

「木絵《きえ》さんなら……家族《かぞく》になれる」

茂子《しげこ》からの意外《いがい》な言葉《ことば》に驚《おどろ》いていると、みんなの視線《しせん》が集《あつ》まってきた。

「……なってほしい」

茂子《しげこ》は、木絵《きえ》と光正《みつまさ》を順番《じゅんばん》に見《み》つめ、そして今度《こんど》は、由布子《ゆうこ》に視線《しせん》を移《うつ》す。

「二人《ふたり》の結婚《けっこん》、認《みと》めてあげて」

その場《ば》はまたしんと静《しず》まりかえった。

「……まるで、昔《むかし》の君《きみ》みたいだね」

マサオが小声《こごえ》で由布子《ゆうこ》にささやく。

すると、しばらく無言《むごん》だった由布子《ゆうこ》が、木絵《きえ》と光正《みつまさ》を見《み》た。

「……なにをいっても、無駄《むだ》ってことね」

それだけいうと、プイ、と背《せ》をむけて会場《かいじょう》にもどってしまった。

いったいどういうことなのかと、のこされたみんなが戸惑《とまど》っていると、

「いまのはね、許《ゆる》した、ってこと」

マサオがいう。

「ホントかよ？」

和正《かずまさ》がたずねた。

「さあ、たぶん」

マサオはどこかわくわくしたような表情《ひょうじょう》でいう。

それとは逆《ぎゃく》に、茂子《しげこ》は心配《しんぱい》そうに、光正《みつまさ》と木絵《きえ》を見《み》ていた。

そんな目《め》で見《み》られても、自分《じぶん》だってどうしたらいいかわからない。

「……木絵《きえ》」

光正《みつまさ》がためらいがちに口《くち》を開《ひら》いた。「ごめん」

たった三文字《もじ》の言葉《ことば》を、自信《じしん》なさげに口《くち》にする。

(光正《みつまさ》さんにこんな顔《かお》をさせて……胸《むね》が痛《いた》い)

「……ううん、私《わたし》こそ」

自分《じぶん》も、それだけの言葉《ことば》をやっとの思《おも》いでいった。

(茂子《しげこ》さんに、家族《かぞく》になってほしいっていわれて。お母《かあ》さまにも認《みと》められて……)

なのに……。素直《すなお》に笑《わら》えない。素直《すなお》にしあわせだと思《おも》えない。

そんな自分《じぶん》がいることに、戸惑《とまど》っていた。


マサオに先導《せんどう》されて、木絵《きえ》たちはリビングに入《はい》っていった。ひとつひとつのアクションが大《おお》きいマサオが登場《とうじょう》すると、スポットライトがあたったように場《ば》が明《あか》るくなる。

「彼女《かのじょ》は平野木絵《ひらのきえ》さん。もうすぐ高台木絵《こうだいきえ》になります！」

マサオが光正《みつまさ》と木絵《きえ》をひき寄《よ》せた。

「おおー」

「光正《みつまさ》くん、おめでとう」

招待客《しょうたいきゃく》たちから祝福《しゅくふく》の拍手《はくしゅ》がわきあがる。

茂子《しげこ》も和正《かずまさ》も笑顔《えがお》で拍手《はくしゅ》をし、光正《みつまさ》と木絵《きえ》は祝福《しゅくふく》の輪《わ》にかこまれた。

光正《みつまさ》は笑顔《えがお》でこたえていた。

(笑《わら》わなきゃ。笑《わら》わなきゃ)

その横《よこ》で自分《じぶん》にいいきかせるようにして、木絵《きえ》はどうにか笑《え》みをつくった。


心身《しんしん》ともに疲《つか》れきって帰宅《きたく》した木絵《きえ》は、くずれるようにソファに座《すわ》りこんだ。電気《でんき》をつける気力《きりょく》もなく、部屋《へや》は暗《くら》いままだ。それは自分《じぶん》の心《こころ》の中《なか》と同《おな》じだった。苦《くる》しくて、押《お》しつぶされそうで、光《ひかり》がさしてくる気配《けはい》はなくて……。

☆★☆

「ホントにこれでいいんでゲスか?」

本棚《ほんだな》の陰《かげ》から、ひょいと妖精《ようせい》が現《あらわ》れた。

「あんな言《い》い争《あらそ》いがずっと続《つづ》くんでゲスよ、ずーっと一生《いっしょう》」

妖精《ようせい》が、私《わたし》に念《ねん》を押《お》すようにいう。

「……ずっと、一生《いっしょう》」

私《わたし》はその言葉《ことば》を、繰《く》りかえした。真剣《しんけん》にその事実《じじつ》とむきあい、気《き》が遠《とお》くなってしまう。

「もうこれで、お別《わか》れでゲス」

黙《だま》っている私《わたし》がじれったくなったのか、妖精《ようせい》がバイバイ、と手《て》をふって背《せ》をむけた。彼《かれ》の姿《すがた》は次第《しだい》に見《み》えなくなっていく。

私《わたし》はなにもできずに、ただその場《ば》に立《た》ちつくしていた。

☆★☆

いつのまにか、大切《たいせつ》な相談相手《そうだんあいて》になっていた妖精《ようせい》。

本当《ほんとう》はわかってる。

妖精《ようせい》は、自分《じぶん》の心《こころ》を映《うつ》していただけだ、ということを。

一《いっ》か月後《げつご》の光正《みつまさ》のロンドン赴任《ふにん》にあわせて、二人《ふたり》の結婚式《けっこんしき》も早《はや》められた。

その日《ひ》まで、毎日《まいにち》のように木絵《きえ》の〝花嫁修業《はなよめしゅぎょう》〟は続《つづ》いた。どのお稽古《けいこ》ごとをとっても、上達《じょうたつ》は遅《おそ》い。

「あいかわらず、いつでもおどおどしてるし」

ついに結婚式《けっこんしき》まであと数日《すうじつ》となったある日《ひ》、あきれ果《は》てた口調《くちょう》で由布子《ゆうこ》がいった。

「あなたをお稽古《けいこ》ごとに通《かよ》わせた第《だい》一の理由《りゆう》は、物《もの》おじしない堂々《どうどう》とした態度《たいど》を身《み》につけてもらいたかったからよ」

由布子《ゆうこ》はいうけれど、それこそ、木絵《きえ》の一番苦手《ばんにがて》な分野《ぶんや》だ。人格《じんかく》を丸《まる》ごといれかえなくてはいけない。

「まあ、でも、あんなに上達《じょうたつ》しないのに、真面目《まじめ》にコツコツ通《かよ》ってることだけがあなたの取《と》り得《え》ね」

由布子《ゆうこ》がそういってくれるので、とりあえずお稽古《けいこ》ごとは休《やす》まず通《かよ》っていた。

そのほうが光正《みつまさ》と会《あ》うより気《き》が楽《らく》。それが本音《ほんね》だった。

光正《みつまさ》と会《あ》っているときは、あいかわらず頭《あたま》の中《なか》のチャンネルは〝草原《そうげん》と木《き》〟のまま。木絵《きえ》はけっして本心《ほんしん》をさらけだそうとはしなかった。

木絵《きえ》の様子《ようす》を不安《ふあん》そうに見《み》ている光正《みつまさ》には「マリッジブルーなのかな」と、無理《むり》やり笑顔《えがお》をつくってごまかしていた。

ついに結婚式当日《けっこんしきとうじつ》。

木絵《きえ》はしたくを終《お》え、控《ひか》え室《しつ》で一人《ひとり》ぽつんと座《すわ》っていた。式場《しきじょう》は高台家《こうだいけ》とゆかりのある、古《ふる》く、由緒《ゆいしょ》ある教会《きょうかい》。用意《ようい》されていたウエディングドレスはシンプルではあるけれど、とても質《しつ》のいいものだということが伝《つた》わってくる。

と、ノックがして、同時《どうじ》に由布子《ゆうこ》が入《はい》ってきた。今日《きょう》はまた、黒留袖姿《くろとめそですがた》がばっちり決《き》まっている。

「……そのドレス、私《わたし》も着《き》たの」

由布子《ゆうこ》は目《め》を細《ほそ》め、木絵《きえ》のドレス姿《すがた》を見《み》つめていた。陽光《ようこう》の入《はい》りこむ控《ひか》え室《しつ》では、優美《ゆうび》な白《しろ》いウエディングドレスがさらにまぶしい。

「学生時代《がくせいじだい》、仲《なか》がよかったお友《とも》だちが失恋《しつれん》して、ずっと一緒《いっしょ》にいたことがあるの、大事《だいじ》な試験《しけん》ほったらかして」

由布子《ゆうこ》は突然《とつぜん》、語《かた》りはじめた。

「そのお友《とも》だちを泣《な》かせた相手《あいて》、めぐりめぐっていまの主人《しゅじん》。人生《じんせい》ってわからないものね」

そういって、ふっと笑《わら》うと、

「あの光正《みつまさ》が、結婚《けっこん》するのね」

由布子《ゆうこ》はこれまで見《み》たことのない、おだやかな母《はは》の顔《かお》をしていた。

と、そこにまたノックの音《おと》がした。

「おばさま」

遠慮《えんりょ》がちに顔《かお》をのぞかせたのは、純《じゅん》だった。

「茂子《しげこ》が呼《よ》んでます、受付《うけつけ》で」

「じゃあ、あとで」

でていく由布子《ゆうこ》に続《つづ》こうとしていた純《じゅん》が、ふと足《あし》をとめてふりかえった。

「……本日《ほんじつ》は、おめでとうございます」

「……ありがとうございます」

純《じゅん》と直接《ちょくせつ》話《はな》すのは、これが初《はじ》めて。

「……素敵《すてき》です」

ドレス姿《すがた》をほめられ、ひかえめに微笑《ほほえ》みを返《かえ》した。

「……光正《みつまさ》さんは」

ためらいながら、純《じゅん》がきりだす。「いつもどこか寂《さび》しげで、壁《かべ》があって……みんな〝笑《わら》わない人《ひと》〟だって」

そういえば、光正《みつまさ》は自分《じぶん》でもそういっていた。

「でも木絵《きえ》さんといるときは、とても楽《たの》しそうで」

十年《ねん》、光正《みつまさ》を見《み》てきたけれど、あんな様子《ようす》は見《み》たことがなかった……。純《じゅん》はそういうと、ふう、と息《いき》をついて、続《つづ》けた。

「光正《みつまさ》さんが木絵《きえ》さんを選《えら》んだ理由《りゆう》、わかる気《き》がします。これからは光正《みつまさ》さん、ずっと笑《え》顔《がお》でいられるんですね」

（え……）

純《じゅん》の言葉《ことば》に動揺《どうよう》してしまい、言葉《ことば》を返《かえ》せなかった。

最近《さいきん》の光正《みつまさ》の表情《ひょうじょう》を思《おも》いだすと……笑《わら》っているときも、無理《むり》をしているようだった。

「お二人《ふたり》のしあわせを願《ねが》っています」

ぺこり、と頭《あたま》をさげると、純《じゅん》はでていった。

（このままで……いいの？　光正《みつまさ》さんはずっと笑顔《えがお》でいられる？　そして、自分《じぶん》は……？）


式《しき》がはじまった。ベールをかけた木絵《きえ》は父《ちち》と腕《うで》を組《く》み、バージンロードを歩《ある》いていた。

数《すう》メートル先《さき》の祭壇《さいだん》では、光正《みつまさ》が待《ま》っている。黒《くろ》いタキシード姿《すがた》の光正《みつまさ》は、いつもの凛々《りり》しさが一段《いちだん》と輝《かがや》いている。

やがて、父《ちち》と木絵《きえ》も祭壇《さいだん》に到着《とうちゃく》した。新妻《にいづま》が父親《ちちおや》から夫《おっと》に受《う》け渡《わた》される瞬間《しゅんかん》だ。

そして厳《おごそ》かな空気《くうき》の中《なか》、牧師《ぼくし》が誓約《せいやく》の言葉《ことば》を読《よ》みあげはじめた。

「高台光正《こうだいみつまさ》さん、あなたは平野木絵《ひらのきえ》さんと結婚《けっこん》し、妻《つま》としようとしています。あなたは、この結婚《けっこん》を……」

(光正《みつまさ》さん、聞《き》こえてますか？)

誓約《せいやく》の言葉《ことば》の途中《とちゅう》、木絵《きえ》は心《こころ》の中《なか》で光正《みつまさ》に語《かた》りかけた。

(最近《さいきん》、そんな顔《かお》ばかり)

光正《みつまさ》は、目《め》を伏《ふ》せたままだ。

(前《まえ》は一緒《いっしょ》にいるとよく笑《わら》っていてくれたのに……私《わたし》のせいで)

「ちがうよ」

光正《みつまさ》が小《ちい》さくつぶやいた。

その言葉《ことば》が聞《き》こえた牧師《ぼくし》が、言葉《ことば》をとめる。

参列者《さんれつしゃ》たちも様子《ようす》がおかしいのに気《き》づき、ざわつきはじめた。

(大好《だいす》きです)

これまで抑《おさ》えていた気持《きも》ちがあふれてくる。

(初《はじ》めて会《あ》った日《ひ》から、本当《ほんとう》にやさしくて……こんな私《わたし》を、大事《だいじ》にしてくれて。毎日夢《まいにちゆめ》みたいな)

思《おも》いは、とまらなくなっていた。

（でも、私《わたし》はなにも……光正《みつまさ》さんに、なにもできない）

「そんなことないよ、木絵《きえ》」

光正《みつまさ》の言葉《ことば》に、涙《なみだ》で目《め》が潤《うる》んでくる。

（知《し》りたくなかった、テレパシー能力《のうりょく》のこと）

聞《き》いたのは自分《じぶん》なのに……。光正《みつまさ》は正直《しょうじき》に答《こた》えてくれただけなのに。矛盾《むじゅん》しているのはよくわかっている。だけど……。

（そしたらただ……あなたを好《す》きでいられたのに）

その心《こころ》の声《こえ》に、光正《みつまさ》は木絵《きえ》の涙《なみだ》をぬぐおうとさしだしかけた手《て》をひっこめた。

（ふつうに、一緒《いっしょ》にいたかった）

これ以上《いじょう》はだめ。頭《あたま》の中《なか》を〝草原《そうげん》と木《き》〟の映像《えいぞう》にもどそうと思《おも》ったけど、もう無理《むり》だ。

（自由《じゆう》に頭《あたま》の中《なか》……）

混乱《こんらん》して、心《こころ》の中《なか》もぐちゃぐちゃだ。

（なにも考《かんが》えられない……見《み》られてるかと思《おも》うと……。苦《くる》しい）

この次《つぎ》の言葉《ことば》だけは、絶対《ぜったい》にいっちゃいけない。必死《ひっし》でとめようとしたけれど……。

(あなたと一緒《いっしょ》にいると……)

ぽとり。

涙《なみだ》が教会《きょうかい》の床《ゆか》におちた。

祭壇《さいだん》でなにが起《お》きているのか、参列者《さんれつしゃ》たちは動揺《どうよう》して、ただ見《み》ているだけだ。

わかっているのは、茂子《しげこ》と和正《かずまさ》だけだろう。

そんな中《なか》、木絵《きえ》はついに決心《けっしん》して光正《みつまさ》を見《み》た。

「……待《ま》って、木絵《きえ》」

木絵《きえ》がどうしたいのか、察《さっ》した光正《みつまさ》がいうけれど……。

「……ごめんなさい」

くるりと客席《きゃくせき》のほうを見《み》て一礼《いちれい》すると、木絵《きえ》はかけだした。

14

木絵《きえ》の苦悩《くのう》は続《つづ》く
——そして、高台家《こうだいけ》の三人《にん》、それぞれの決意《けつい》

木絵《きえ》

結婚式《けっこんしき》の日《ひ》から、一週間《いっしゅうかん》——。

あの日《ひ》から何件《なんけん》も、携帯《けいたい》に光正《みつまさ》からの留守電《るすでん》のメッセージが入《はい》っていたけど……。

聞《き》くのが怖《こわ》くて、木絵《きえ》はすぐにきってしまっていた。

(逃《に》げた……大事《だいじ》な人《ひと》を置《お》いて。楽《らく》なほうへ、私《わたし》は、逃《に》げた)

苦《くる》しさから逃《に》げてきた。それでも結局《けっきょく》、心《こころ》は解放《かいほう》されない。光正《みつまさ》を傷《きず》つけた分《ぶん》、さらに苦《くる》しくなった。

木絵《きえ》は膝《ひざ》を抱《かか》えて、実家《じっか》のかわら屋根《やね》に座《すわ》って風《かぜ》に吹《ふ》かれていた。目《め》の前《まえ》には、子《こ》どものころから大好《だいす》きだった山《やま》や川《かわ》の景色《けしき》が広《ひろ》がっている。二階《かい》の自分《じぶん》の部屋《へや》の窓《まど》からでて、ここに座《すわ》って、自由《じゆう》にあれこれ妄想《もうそう》するのがなにより好《す》きな時間《じかん》だった。

「おい、木絵《きえ》！　なにやってんだ、そんなとこで。冷《ひ》えるから中《なか》、入《はい》んなさい」

下《した》から父《ちち》が声《こえ》をかけてきた。

だいぶ春《はる》が近《ちか》づいてきたとはいえ、まだ風《かぜ》は冷《つめ》たい。だけど……。そのまま時間《じかん》のたつのも忘《わす》れて、屋根《やね》の上《うえ》でぼんやりしていた。

茂子《しげこ》

休日《きゅうじつ》の早朝《そうちょう》、高台家《こうだいけ》のリビングの電話《でんわ》が鳴《な》った。この時間《じかん》の電話《でんわ》はだいたいロンドンから。

茂子《しげこ》がでると、やっぱり祖母《そぼ》だった。

「見《み》つかった？　木絵《きえ》さん」

祖母《そぼ》が英語《えいご》でたずねてくる。

「ううん、まだ。会社《かいしゃ》も辞《や》めて……携帯《けいたい》もつながらないまま。お母《かあ》さまはもう怒《いか》り心頭《しんとう》」

両親《りょうしん》も兄《あに》たちもみんなまだ自分《じぶん》の部屋《へや》にいるみたいで、リビングには自分《じぶん》しかいない。

茂子《しげこ》はいまの高台家《こうだいけ》の様子《ようす》を話《はな》しはじめた。

「あの人《ひと》はとてもわかりやすい人《ひと》だから」

由布子《ゆうこ》さんは単純《たんじゅん》だから平気《へいき》よ、と、祖母《そぼ》は簡単《かんたん》に済《す》ませた。おおらかでお気楽《きらく》な祖母《そぼ》とかマサオのような人種《じんしゅ》は、苦手意識《にがていしき》を持《も》つことなく母《はは》と接《せっ》することができるようだ。

「みっちゃんはいつもどおりすごしてる。でもそれが、見《み》てて辛《つら》い」

毎日何事《まいにちなにごと》もなかったように出勤《しゅっきん》して、帰宅《きたく》して。着々《ちゃくちゃく》とロンドン行《い》きのしたくをすすめて。そんな兄《あに》の姿《すがた》は、とても痛々《いたいた》しかった。

光正《みつまさ》

「おまえのいったとおり……」

数日後《すうじつご》の休日《きゅうじつ》、光正《みつまさ》は、和正《かずまさ》とテラスでお茶《ちゃ》を飲《の》んでいた。

「ふつう、相手《あいて》がなに考《かんが》えてるかわからなくて、だからたくさん話《はな》すし、手《て》がかりみたいなものをもっと探《さが》そうとする……でも、話《はな》さなかった。踏《ふ》みこむのが怖《こわ》くて」

けんかしたり、誤解《ごかい》が生《う》まれたりしたら、とことん話《はな》しあって、解決《かいけつ》する。そしてさらに、二人《ふたり》の絆《きずな》が強《つよ》くなる。それがふつうだ。

だけど自分《じぶん》にはふつうのカップルのようなことができない。自分《じぶん》の殻《から》に閉《と》じこもり、相《あい》手《て》も閉《と》じこめてしまうことしかできなかった。それでも……。

「……強《つよ》いから、木絵《きえ》は」

だから大丈夫《だいじょうぶ》だと思《おも》っていた。

「強《つよ》い？　どっちかっていうとヘタレだと思《おも》うけど」

和正《かずまさ》が首《くび》をかしげる。

「ああ見《み》えて、木絵《きえ》は自分《じぶん》の中《なか》にちゃんと世界《せかい》があって、一人《ひとり》でいろんなことを乗《の》りこえてる」

そうしたことの積《つ》みかさねで、いまの木絵《きえ》がいる。光正《みつまさ》はそう確信《かくしん》していた。

「強《つよ》くてやさしい。だからひかれたんだ」

「だったら……」

和正《かずまさ》が続《つづ》きをいう前《まえ》に、

「だったら、もう一度《ど》むきあえ！」

突然《とつぜん》、ダイニングで蕎麦《そば》を打《う》っていたマサオが声《こえ》をあげた。

「光正《みつまさ》」

いつになくきっぱりとした口調《くちょう》でいってくる。

「父《とう》さんは……はっきりいってまわりに流《なが》されやすい。強《つよ》い意志《いし》もない。物事《ものごと》すべて、なるようになる、ならなかったらそれまで。以上《いじょう》、そういう人生《じんせい》」

「……なにをそんな堂々《どうどう》と」

和正《かずまさ》はすっかりあきれて、小《ちい》さくつぶやいた。

「けど……一度《ど》だけ、絶対《ぜったい》にあきらめない、そう思《おも》ったことがある。由布子《ゆうこ》さんだ。だから、君《きみ》たちがここにいる」

それだけいうと、マサオはなぜか満足《まんぞく》げに微笑《ほほえ》んだ。

マサオの言葉《ことば》を聞《き》いて、光正《みつまさ》はもう一度《ど》考《かんが》えてみた。

絶対《ぜったい》にあきらめない――自分《じぶん》にとってそれは木絵《きえ》だ。

光正《みつまさ》はすぐに携帯《けいたい》から電話《でんわ》をかけた。けれどあいかわらず、留守番電話《るすばんでんわ》にきりかわってしまう。

「……木絵《きえ》、空港《くうこう》で待《ま》ってる。ロンドンで、一緒《いっしょ》に暮《く》らそう」

もうあと数日後《すうじつご》には、自分《じぶん》はロンドンに出発《しゅっぱつ》しなければならない。

「もしきみが来《こ》なかったら、それは受《う》けいれる。でももう一度《ど》、会《あ》いたい」

一縷《いちる》の望《のぞ》みを託《たく》して、言葉《ことば》をしぼりだした。

茂子《しげこ》

その夜《よる》、茂子《しげこ》は早足《はやあし》でいつもの飲《の》み屋《や》にむかっていた。

「木絵《きえ》さん、これから浩平《こうへい》と会《あ》います」

駅《えき》からの道《みち》を歩《ある》きながら、木絵《きえ》に電話《でんわ》をかけた。すぐに留守番電話《るすばんでんわ》にきりかわってしまったけど、一方的《いっぽうてき》に話《はな》しはじめる。

さっきマサオが兄《あに》をはげましている姿《すがた》を目撃《もくげき》してしまった。そしてそのあと、図書室《としょしつ》で木絵《きえ》に電話《でんわ》をかける兄《あに》のうしろ姿《すがた》も。二人《ふたり》に背中《せなか》を押《お》されるように自分《じぶん》も浩平《こうへい》に電話《でんわ》をかけた。

今夜《こんや》、いつもの店《みせ》で待《ま》ってる。

強引《ごういん》に約束《やくそく》を取《と》りつけた。

大学時代《だいがくじだい》のシンプルなジーンズ姿《すがた》でもなく、いかにもファッション業界《ぎょうかい》の女子風《じょしふう》な服装《ふくそう》でもなく、この日《ひ》はスカートをはいて〝勝負服《しょうぶふく》〟だ。

「たとえ彼女《かのじょ》がいても……どうにもならなくても、言葉《ことば》にして伝《つた》えます。好《す》きになった人《ひと》を、あきらめたくないから」

携帯《けいたい》をしまって店《みせ》に入《はい》ると、先《さき》に飲《の》んでいる浩平《こうへい》のうしろ姿《すがた》が見《み》えた。

いとおしい、浩平《こうへい》の背中《せなか》。

緊張《きんちょう》で思《おも》わず、足《あし》がとまる。

(行《い》かなきゃ。伝《つた》えなきゃ)

自分《じぶん》をはげましながら歩《あゆ》みをすすめていくと、浩平《こうへい》がふりかえった。

だんだんと、頬《ほお》がほてってくる。

いつもとちがう様子《ようす》の茂子《しげこ》に驚《おどろ》いて立《た》ちあがった浩平《こうへい》の瞳《ひとみ》をまっすぐに見《み》つめながら、

歩《ある》いていった。

和正《かずまさ》

兄《あに》はマサオの言葉《ことば》に背中《せなか》を押《お》されて、木絵《きえ》に電話《でんわ》をかけていた。姉《あね》はなんだか、いつもとはちがったオシャレをしてでかけていった。

そんな彼《かれ》らに影響《えいきょう》されたわけじゃない。そうじゃないけど……。

和正《かずまさ》は、さいとう動物病院《どうぶつびょういん》の待合室《まちあいしつ》で純《じゅん》を待《ま》っていた。もう診療時間《しんりょうじかん》は終《お》わりなので、待合室《まちあいしつ》には和正一人《かずまさひとり》だ。

「……今日《きょう》は、なに？」

診察室《しんさつしつ》からでてきた純《じゅん》は、和正《かずまさ》を見《み》て露骨《ろこつ》にイヤな顔《かお》をした。

会《あ》うのは結婚式以来《けっこんしきいらい》。

その前《まえ》には高台家《こうだいけ》のリビングで思《おも》いきり気《き》まずい思《おも》いをしていた。

「ヨシマサ君《くん》は？　具合《ぐあい》どう？」

自分《じぶん》がヨシマサをつれていないことに気《き》づき、純《じゅん》は怪訝《けげん》な表情《ひょうじょう》をうかべている。

「……この前《まえ》は、ごめんね」

どうにか、思《おも》いを口《くち》にした。

たったこれだけの短《みじか》い言葉《ことば》を伝《つた》えるのに、かなりの勇気《ゆうき》が必要《ひつよう》だった。兄《あに》と姉《あね》にくらべて、自分《じぶん》は器用《きよう》だと思《おも》ってた。だけど自分《じぶん》も案外《あんがい》、不器用《ぶきよう》なのかもしれない。

「……まあ、いいけどね。ホント和正《かずまさ》くんは、昔《むかし》っから私《わたし》のことからかっておもしろがるよね」

くちびるをキュッととがらせる、純《じゅん》のその表情《ひょうじょう》が可愛《かわい》らしい。もしかするとこの表情《ひょうじょう》が見《み》たくて、憎《にく》まれ口《ぐち》をきいたり、ちょっかいをだしたりしていたのかも。

「ていうか……どうやら俺《おれ》、純先生《じゅんせんせい》が兄貴《あにき》だけを見《み》てるから、やきもちやいてた……みたいだ」

「えっ？」

純《じゅん》は、その言葉《ことば》の意味《いみ》がわからないみたいだ。目《め》をまん丸《まる》く見開《みひら》いている。

今日《きょう》はからかってるわけじゃない。真剣《しんけん》な思《おも》いを伝《つた》えようと、和正《かずまさ》はまっすぐに純《じゅん》を見《み》つめた。

由布子《ゆうこ》

三人《にん》の子《こ》どもたちは、あれからそれぞれどうしたのだろう。マサオが光正《みつまさ》にアドバイスをした日《ひ》から数日後《すうじつご》、由布子《ゆうこ》はマサオとリビングで話《はな》していた。

「私《わたし》たちは迷《まよ》わなかった。お義父《とう》さまも、お義母《かあ》さまも、迷《まよ》わなかったはず。わかるもの、結婚《けっこん》する相手《あいて》。この人《ひと》だって。なのにそう思《おも》えなかったってことは、木絵《きえ》さんとはご縁《えん》がなかった。それだけの話《はなし》」

いつもの由布子《ゆうこ》らしく、光正《みつまさ》たちの結婚《けっこん》についてばさりときりすてる。

「……ホントにそう思《おも》う？」

黙《だま》って聞《き》いていたマサオが、由布子《ゆうこ》を見《み》た。

そして由布子《ゆうこ》はマサオに実《じつ》にスマートに、ふわりと抱《だ》きしめられた。

「あんな光正《みつまさ》くんを見《み》ても？」

マサオに手《て》をひかれ、テラスにつれていかれる。

庭《にわ》に光正《みつまさ》が寂《さみ》しげにたたずんで、空《そら》を見《み》あげていた。

光正《みつまさ》は寡黙《かもく》で表情《ひょうじょう》のない子《こ》だった。友《とも》だちを家《いえ》につれてくることもなく、妹《いもうと》や弟《おとうと》とすごしていた。

そんな光正《みつまさ》が、木絵《きえ》といるときは楽《たの》しそうだった。絶対《ぜったい》に木絵《きえ》と結婚《けっこん》するんだと、ゆずらなかった。自分《じぶん》に反抗《はんこう》したのもあのときだけ。そして木絵《きえ》を失《うしな》ったいま、あんなに絶望《ぜつぼう》したような表情《ひょうじょう》をうかべている。

「旦那《だんな》さま、大奥《おおおく》さまから小包《こづつみ》です」

そこにメイドが、イギリスにいる義母《ぎぼ》、アンから届《とど》いた小包《こづつみ》を持《も》ってきた。

「ああ、来《き》た来《き》た。ショートブレッド。おいしいんだよね、これ」

中《なか》からお気《き》にいりの店《みせ》のショートブレッドがでてきて、マサオは上機嫌《じょうきげん》だ。

「……はい、これは君《きみ》に」

と、マサオが一通《いっつう》の封筒《ふうとう》を渡《わた》してくれた。そこにはつたない日本語《にほんご》で《由布子《ゆうこ》さんへ》と書《か》いてある。

それからこれも。
マサオはいたずらっぽい表情《ひょうじょう》で、もう一通《いっつう》の封筒《ふうとう》を、こちらへむけた。

15

木絵《きえ》がむかう場所《ばしょ》

木絵《きえ》

ついに光正《みつまさ》がロンドンへ出発《しゅっぱつ》する日《ひ》がやってきた。

（たしか、夕方《ゆうがた》の便《びん》で出発《しゅっぱつ》するっていってたっけ……）

なるべくそのことは考《かんが》えないようにしよう。

木絵《きえ》は朝《あさ》から実家《じっか》の酒屋《さかや》を手伝《てつだ》っていた。

「よいしょ」

酒樽《さかだる》を店《みせ》からトラックの荷台《にだい》に運《はこ》びあげる。かなり重労働《じゅうろうどう》だけど、頭《あたま》が真《ま》っ白《しろ》になってちょうどいい。

額《ひたい》の汗《あせ》を手《て》でぬぐっていると、

「やっぱりここね」

聞《き》き覚《おぼ》えのある声《こえ》が近《ちか》づいてきた。

顔《かお》をあげると、このあたりののどかな風景《ふうけい》にはまったく似合《にあ》わない、いかにも高級《こうきゅう》ブランドらしい服《ふく》をまとった由布子《ゆうこ》が、タクシーから降《お》りて歩《ある》いてくるところだった。

二人《ふたり》で話《はな》しましょう。

由布子《ゆうこ》にいわれ、家《いえ》の近《ちか》くの小高《こだか》い丘《おか》に案内《あんない》した。

「どうせあなたのことだから、居留守《いるす》でも使《つか》ってるんじゃないかと思《おも》ってた」

やっていることを見抜《みぬ》かれていて、木絵《きえ》はさらに肩身《かたみ》がせまい。

「お義母《かあ》さま……」

「あなたにお義母《かあ》さまなどといわれる覚《おぼ》えはないわ。あんなふうに逃《に》げて。光正《みつまさ》一人《ひとり》のこしたまま……人《ひと》として恥《は》ずかしくないの？」

「……申《もう》し訳《わけ》ありません」

「あなたはね、高台家《こうだいけ》の家名《かめい》に泥《どろ》を塗《ぬ》ったのよ」

「すみません。そもそも私《わたし》と光正《みつまさ》さんが釣《つ》りあうわけが……」

ただでさえ、自信《じしん》がなかった。そのうえこちらの考《かんが》えていることはすべて光正《みつまさ》に読《よ》まれている。光正《みつまさ》だけじゃない。茂子《しげこ》にも、和正《かずまさ》にも、だ。もうどうしたらいいかわからなくて……。

「そうよ。はっきりいって、光正《みつまさ》は本当《ほんとう》に優秀《ゆうしゅう》です。努力家《どりょくか》で、誰《だれ》からも一目置《いちもくお》かれる申《もう》し分《ぶん》のない息子《むすこ》です。なのにあなたときたら……あの子《こ》にちょっと妙《みょう》な力《ちから》があるくらいなによ」

「え……？」

いつもと同《おな》じように凛《りん》とした態度《たいど》でいいはなつ由布子《ゆうこ》に、言葉《ことば》がでなかった。

由布子《ゆうこ》は、光正《みつまさ》にテレパシー能力《のうりょく》があることを知《し》らなかったはずでは？

「私《わたし》はあの子《こ》たちの母親《ははおや》です」

当然《とうぜん》でしょ、とばかりにいって、こちらをまっすぐに見《み》る。

「もし本当《ほんとう》に愛《あい》する人《ひと》をつかみたかったら、闘《たたか》うの」

それだけいうと、立《た》ち去《さ》ろうとする。

「これ、あなた宛《あ》て」

と、足《あし》をとめ、思《おも》いだしたようにバッグから一通《いっつう》の封筒《ふうとう》をだした。

封筒《ふうとう》には《木絵《きえ》さんへ》と、一文字《ひともじ》ずつていねいに、日本語《にほんご》で書《か》いてある。

「イギリスのお義母《かあ》さまからよ。ご自分《じぶん》で返事《へんじ》して。それが最低限《さいていげん》の礼儀《れいぎ》よ」

由布子《ゆうこ》はハイヒールの音《おと》を響《ひび》かせ、待《ま》たせていたタクシーに乗《の》りこんだ。

木絵《きえ》はその場《ば》ですぐに、手紙《てがみ》を開《ひら》いた。


あなたの不安《ふあん》……私《わたし》にはよくわかります。

だってそれは、あの人《ひと》、シゲマサも感《かん》じてきたことだから。

私《わたし》たちは出会《であ》い、思《おも》いをたしかめあって、結婚《けっこん》し、家族《かぞく》になって。

最期《さいご》に話《はな》したことは、本当《ほんとう》に忘《わす》れられない。

亡《な》くなるすこし前《まえ》に、シゲマサはいってくれた。

「アン……君《きみ》との五十五年《ねん》の結婚生活《けっこんせいかつ》の中《なか》で、何度《なんど》も君《きみ》に問《と》いかけた。

この美《うつく》しい人《ひと》は、なんで僕《ぼく》をこんなに好《す》きなんだろう」

そしてシゲマサは私《わたし》を見《み》つめた。

「でも、気《き》づいたんだ。僕《ぼく》でなければだめなわけを。君《きみ》は選《えら》んだんだ、心《こころ》を読《よ》んでも平気《へいき》な相手《あいて》を。それはもう慎重《しんちょう》に。だから僕《ぼく》は決《き》めた、このままでいよう。君《きみ》が信《しん》じてくれたように、僕《ぼく》も君《きみ》を信《しん》じて、なにもかもを見《み》せよう。

君《きみ》のその力《ちから》を奇妙《きみょう》なものと思《おも》わずに奇跡《きせき》だと思《おも》おう。この世《よ》は謎《なぞ》と不思議《ふしぎ》に満《み》ちている。そう思《おも》うと、胸《むね》が躍《おど》る。

君《きみ》を傷《きず》つけることもあるのでは。そんな不安《ふあん》もあった。でもそれもいつか笑《わら》おう。いつか年《とし》をとって、思《おも》いだし、笑《わら》う。そう思《おも》えばけんかも、すれちがった日々《ひび》も、楽《たの》しみに変《か》わる。そんなふうにすごそう。死《し》が、二人《ふたり》を分《わ》かつまで」

その言葉《ことば》を、一生懸命《いっしょうけんめい》、シゲマサは私《わたし》に伝《つた》えてくれた。

そしてついに、その日《ひ》がやってきてしまい……。

シゲマサはもうしゃべることもできなくて、心《こころ》の中《なか》で私《わたし》に問《と》いかけてきた。
(しあわせかい？)
だから私《わたし》はシゲマサの手《て》をにぎって答《こた》えたの。
「ええ、しあわせよ。こちらこそ、ありがとう」
私《わたし》は、シゲマサにそっと、どてらをかけてあげた。
ずっと取《と》っておいた、あの日《ひ》の思《おも》い出《で》のどてらを……。

だから、恐《おそ》れないで。
大丈夫《だいじょうぶ》、しあわせになれるから。
光正《みつまさ》を信《しん》じて。

ようこそ高台家《こうだいけ》へ

アンの可愛《かわい》らしい日本語《にほんご》の手紙《てがみ》は、そこで終《お》わっていた。

木絵《きえ》はいつのまにか、しゃくりあげて泣《な》いていた。涙《なみだ》をぬぐって空《そら》を見《み》あげると、きれいな水色《みずいろ》の空《そら》に、白《しろ》い雲《くも》がうかんでいた。

乗《の》れそうだね、あの雲《くも》。

そういって笑《わら》った光正《みつまさ》の笑顔《えがお》がうかんでくる。

その瞬間《しゅんかん》、はじかれたように走《はし》りだした。

(行《い》かなくちゃ。光正《みつまさ》さんに会《あ》わなくちゃ)

体《からだ》の中《なか》から、力《ちから》がみなぎってくる。

勢《いきお》いよく実家《じっか》を通《とお》りすぎて足《あし》をとめ、もどって自転車《じてんしゃ》にまたがる。そして再《ふた》び駅《えき》にむかって、ペダルをこいだ。

(空港《くうこう》で待《ま》ってる。あなたはそういってくれた。だから……行《い》かなくちゃ)

一歩《いっぽ》でも近《ちか》づきたくて、必死《ひっし》に駅《えき》を目指《めざ》す。

(光正《みつまさ》さん、ごめんなさい。光正《みつまさ》さん)

線路《せんろ》が見《み》える土手《どて》にでた。それでも駅《えき》までは、まだまだだ。

ファーン。

上《のぼ》り電車《でんしゃ》が警笛《けいてき》とともに通《とお》りすぎていく。

力《ちから》が抜《ぬ》けた。ブレーキをかけて自転車《じてんしゃ》をとめ、そのままへたりこんだ。

「光正《みつまさ》さん……」

そもそも間《ま》にあうわけもないのに、なにやってるんだろう。

だけど、それぐらい、光正《みつまさ》に会《あ》いたかった。

なにかしなくちゃ、いられなかった。

(こんなにステキな人《ひと》が、なんで私《わたし》なんかを好《す》きなんだろう)

茂正《しげまさ》と同《おな》じように、木絵《きえ》だってこれまで数《かぞ》えきれないほど何度《なんど》も自問自答《じもんじとう》した。

(でも、光正《みつまさ》さんは選《えら》んでくれた。心《こころ》を読《よ》んでも平気《へいき》な相手《あいて》を。それはもう慎重《しんちょう》に)

茂正《しげまさ》がアンにいった言葉《ことば》が、そのまま自分《じぶん》にもあてはまる。

(あのとき、光正《みつまさ》さんは人《ひと》の心《こころ》が読《よ》めることを私《わたし》に正直《しょうじき》に話《はな》してくれた。

なのに私《わたし》ったら……自分《じぶん》で聞《き》いておいて、知《し》りたくなかった、なんてあなたにいってしまった。

光正《みつまさ》さんが私《わたし》を信《しん》じていってくれたのに。

私《わたし》を選《えら》んでくれたのに……。

なのに私《わたし》は、自分《じぶん》のことばかり考《かんが》えてた。

光正《みつまさ》さんだって苦《くる》しかったはずなのに。

人《ひと》の心《こころ》が読《よ》めることで、これまでいっぱい傷《きず》ついてきたはずなのに。

つきあいはじめたころ、光正《みつまさ》さんに人《ひと》の考《かんが》えてることがわかるの、とたずねたとき、他《た》人《にん》の本音《ほんね》なんて知《し》らないほうがいい、そういってた。

きっと人《ひと》と深《ふか》くかかわるの怖《こわ》くなるよ……、って。

なのに私《わたし》は自分《じぶん》の心《こころ》の中《なか》を読《よ》まれないことに必死《ひっし》になって、光正《みつまさ》さんの気持《きも》ちをわかろうとしていなかった……）

考《かんが》えたら胸《むね》が痛《いた》くて、倒《たお》れた自転車《じてんしゃ》の横《よこ》に座《すわ》りこんだまま、立《た》ちあがれなかった。

上空《じょうくう》を飛行機《ひこうき》が横切《よこぎ》っていく。光正《みつまさ》が乗《の》っている飛行機《ひこうき》のはずはない。でも……。光正《みつまさ》がどんな思《おも》いで旅立《たびだ》っていったのかと思《おも》うと、さらにおちこんでしまう。そのまましばらく道《みち》に座《すわ》りこんでいたけれど……。

(逃《に》げないで。闘《たたか》う)

どこからか声《こえ》が聞《き》こえてきた。

ハッとして顔《かお》をあげた。それは……自分《じぶん》の心《こころ》の声《こえ》だ。

(でもどうやって?)

こんなときこそ……得意《とくい》の妄想《もうそう》。

(そうだ、平泳《ひらおよ》ぎ!)

心《こころ》の声《こえ》に背中《せなか》を押《お》されて、立《た》ちあがる。

☆★☆

デンマーク人《じん》コーチ、イヤン=ヤッケの熱《ねつ》の入《はい》った指導《しどう》のもと……。

「エン、トーッ、エン、トーッ」

ザバーッ、ザバーッと、水《みず》をかきわける。

それは、以前《いぜん》からは想像《そうぞう》がつかないほど実力《じつりょく》がついた私《わたし》だ。

潜在能力《せんざいのうりょく》がついに開花《かいか》。次々《つぎつぎ》記録《きろく》を塗《ぬ》りかえ、次《つぎ》に挑《いど》むは遠泳《えんえい》! ドーバー海峡《かいきょう》!

☆★☆

妄想《もうそう》の世界《せかい》にひっぱられるように、現実《げんじつ》の自分《じぶん》にも力《ちから》がみなぎってくる。静《しず》かな自信《じしん》が、満《み》ちてくる。

光正《みつまさ》

ロンドンに到着《とうちゃく》した数日後《すうじつご》、光正《みつまさ》は祖母《そぼ》とつれだって祖父《そふ》の墓《はか》に来《き》ていた。祖父《そふ》の墓《はか》は、広大《こうだい》な屋敷《やしき》の中《なか》にあり、祖母《そぼ》は毎日《まいにち》ここに来《き》て、祖父《そふ》と会話《かいわ》をしているという。

「どう？　木絵《きえ》さんから連絡《れんらく》あった？」

たずねてきた祖母《そぼ》に、光正《みつまさ》は無言《むごん》で首《くび》をふった。

出発《しゅっぱつ》の日《ひ》、搭乗《とうじょう》ギリギリの時間《じかん》まで空港《くうこう》で待《ま》っていた。でも木絵《きえ》は来《こ》なかった……。

光正《みつまさ》は失意《しつい》のまま、ロンドンでの生活《せいかつ》をはじめていた。

（おじいちゃんはどうして、心《こころ》の中《なか》をのぞかれる相手《あいて》と一緒《いっしょ》にいようと思《おも》ったの？）

墓《はか》に花《はな》を手向《たむ》けながら、たずねてみる。

（木絵《きえ》を失《うしな》ったらもう、一生一緒《いっしょういっしょ》にいたいなんて思《おも》う相手《あいて》は現《あらわ》れないよね……）

祖父《そふ》からの返事《へんじ》があるわけはない。それはわかっているけれど……。


「紅茶《こうちゃ》が入《はい》ったからテーブルへどうぞ」

祖母《そぼ》が屋敷《やしき》の中《なか》にもどったあとも、いつまでも一人《ひとり》で墓《はか》の前《まえ》にいる光正《みつまさ》に、執事《しつじ》が声《こえ》をかけてくれた。祖父《そふ》と祖母《そぼ》が毎日《まいにち》のように午後《ごご》のひとときをすごしたという場所《ばしょ》で、一人《ひとり》紅茶《こうちゃ》を飲《の》んでいると……。

『エン、トーッ、エン、トーッ』

どこからか声《こえ》が聞《き》こえてきた。

頭《あたま》の中《なか》に、ザバーッ、ザバーッ、と泳《およ》いでくる水泳選手《すいえいせんしゅ》の映像《えいぞう》もうかんでくる。

クスッ。

思《おも》わず笑《わら》ってしまった。あれはたしか、伝説《でんせつ》のデンマーク人《じん》コーチ、イヤン＝ヤッケ。

いつのまにか木絵《きえ》の妄想癖《もうそうへき》がうつったみたいだ。でもこうして笑《わら》うのもひさしぶりかもしれない。自分《じぶん》を笑《わら》わせてくれるのは、やっぱり木絵《きえ》しかいない。

空《そら》を仰《あお》ぎ見《み》ると、乗《の》れたら気持《きも》ちよさそうな白《しろ》い雲《くも》がうかんでいる。

「……木絵《きえ》」

つい、名前《なまえ》をつぶやいてしまう。

「呼《よ》んだ？」

（え？）

反射的《はんしゃてき》に、ふりむいてしまう。

聞《き》こえているのは木絵《きえ》の心《こころ》の中《なか》の声《こえ》だろう。そう思《おも》った。でも、そこには実物《じつぶつ》の木絵《きえ》が立《た》っていた。

（どういうことだ？　これは……妄想《もうそう》？　いや、妄想《もうそう》じゃない。だってこんなにも、あたたかい空気《くうき》に包《つつ》まれている……）

☆★☆

ザバーッ、ザバーッ。

格段《かくだん》に泳《およ》ぎが上達《じょうたつ》した私《わたし》は、ついに到着《とうちゃく》した。

〝ドーバー海峡横断《かいきょうおうだん》！　世界新記録達成《せかいしんきろくたっせい》！　6時間《じかん》58分《ふん》22秒《びょう》！〟

新聞《しんぶん》の一面《めん》に、平野木絵《ひらのきえ》が世界記録《せかいきろく》を樹立《じゅりつ》したとの文字《もじ》が躍《おど》る。

☆★☆

木絵《きえ》

そんな木絵《きえ》の妄想《もうそう》を読《よ》み取《と》った光正《みつまさ》が、笑《わら》っている。

（光正《みつまさ》さんの笑顔《えがお》が見《み》られた）

ホッとして、木絵《きえ》の全身《ぜんしん》の力《ちから》がぬける。

「……本当《ほんとう》に」

光正《みつまさ》が、一歩《いっぽ》一歩《いっぽ》近《ちか》づいてきた。

「僕《ぼく》はきみに会《あ》えてよかったと思《おも》う」

目《め》の前《まえ》に、光正《みつまさ》がいる。こんなにも会《あ》いたかったのに、こんなにも触《ふ》れたかったのに、どうして逃《に》げたりしたんだろう。この人《ひと》と一緒《いっしょ》にいたい。その気持《きも》ちが一番大切《ばんたいせつ》だったのに。

涙《なみだ》がこみあげてきた。泣《な》いてしまったら、伝《つた》えられない。心《こころ》の中《なか》で思《おも》うだけでも伝《つた》わるけど、ちゃんと言葉《ことば》にして伝《つた》えたい。

「苦《くる》しかったのは……」

どうにか、思《おも》いを口《くち》にする。

「あなたに嫌《きら》われたくなかったから。心《こころ》の中《なか》や本音《ほんね》、隠《かく》したかったのは自信《じしん》がなかったから」

懸命《けんめい》に、言葉《ことば》をしぼりだす。

「でも、想像《そうぞう》したの。あなたとの毎日《まいにち》……。大丈夫《だいじょうぶ》、しあわせになれる」

こらえていた涙《なみだ》が、頬《ほお》を伝《つた》う。

「……いつか、笑《わら》ってくれますか？　一緒《いっしょ》に年《とし》をとって、思《おも》いだしながら。けんかや、いろんなまちがい、笑《わら》って許《ゆる》してくれますか？」

「もういま、笑《わら》えるよ」

光正《みつまさ》の笑顔《えがお》で、確信《かくしん》した。

「好《す》きです。大好《だいす》きです。光正《みつまさ》さん、私《わたし》と結婚《けっこん》してくれますか？」

光正《みつまさ》は答《こた》えるかわりに、ゆっくりと近《ちか》づいてきた。

☆★☆

ワーッ！

いっせいに歓声《かんせい》があがった。ダッフンヌ神父《しんぷ》も、樽《たる》の親方《おやかた》も、イヤン＝ヤッケも拍手《はくしゅ》をしてくれている。いつもは陰険《いんけん》な敵役《かたきやく》のドダリー卿《きょう》も、笑顔《えがお》で私《わたし》たちを祝福《しゅくふく》してくれる。

「おめでとうでゲス！」

最後《さいご》に久々《ひさびさ》に、妖精《ようせい》が現《あらわ》れた。

☆★☆

もうはなさない。
もうはなれない。
お得意《とくい》の妄想《もうそう》ワールドにかこまれて、木絵《きえ》と光正《みつまさ》は、強《つよ》く、強《つよ》く、抱《だ》きあった。

この本は、映画『高台家の人々』（二〇一六年六月公開／土方政人監督／金子ありさ脚本／フジテレビジョン・東宝・集英社製作）をもとにノベライズしたものです。

また、映画『高台家の人々』は、マーガレットコミックス『高台家の人々』（森本梢子／集英社）を原作として映画化されました。

集英社みらい文庫

高台《こうだい》家《け》の人々《ひとびと》

映画《えいが》ノベライズ みらい文《ぶん》庫《こ》版《ばん》

森本《もりもと》梢《こずえ》子《こ》 原作

百《もも》瀬《せ》しのぶ 著

金《かね》子《こ》ありさ 脚本

ファンレターのあて先
〒101-8050 東京都千代田区一ツ橋 2-5-10 集英社みらい文庫編集部
いただいたお便りは編集部から先生におわたしいたします。

2016年 4 月 27 日 第 1 刷発行

発行者 鈴木晴彦
発行所 株式会社 集英社
〒101-8050 東京都千代田区一ツ橋 2-5-10
電話 編集部 03-3230-6246
読者係 03-3230-6080
販売部 03-3230-6393（書店専用）
http://miraibunko.jp
装丁 ＋＋＋野田由美子 中島由佳理
印刷 凸版印刷株式会社
製本 凸版印刷株式会社

★この作品はフィクションです。実在の人物・団体・事件などにはいっさい関係ありません。
ISBN978-4-08-321315-1 C8293 N.D.C.913 200P 18cm

オススメ！　映画ノベライズ

ヒロイン失格

映画《えいが》ノベライズ　みらい文庫版《ぶんこばん》

幼《おさな》なじみの利太《りた》を一途《いちず》に思《おも》うはとりは、彼女《かのじょ》ができた利太《りた》をふりむかせようと大爆走《だいぼうそう》！そんなときに学校《がっこう》イチのモテ男《おとこ》、弘光《ひろみつ》から告白《こくはく》され、心《こころ》がゆれて……。はとりの恋《こい》の結末《けつまつ》は!?

オススメ！　映画ノベライズ

咲坂伊緒《さきさかいお》・原作《げんさく》
松田朱夏《まつだしゅか》・著《ちょ》
桑村《くわむら》さや香《か》・脚本《きゃくほん》

好《す》きな人《ひと》に
好《す》きな人《ひと》がいても
好《す》き

ストロボ・エッジ

映画《えいが》ノベライズ　みらい文庫版《ぶんこばん》

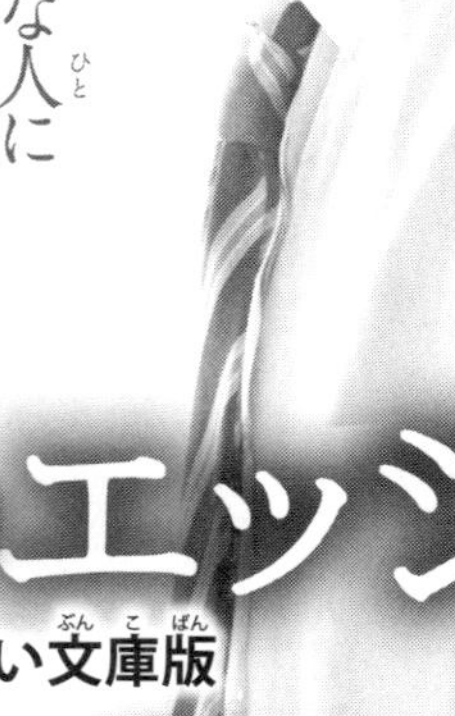

高《こう》1の仁菜子《になこ》は
人気者《にんきもの》の蓮《れん》と出会《であ》い、恋《こい》に落《お》ちる。
でも、蓮《れん》には年上《としうえ》の彼女《かのじょ》がいて——。
“友達《ともだち》”というポジションにいながら、
蓮《れん》への気持《きも》ちがつもる
仁菜子《になこ》だが……!?

キミと歩《ある》いた通学路《つうがくろ》。
キミと見上《みあ》げた青《あお》い空《そら》。
初《はじ》めての恋《こい》は、とまどうことばかりで、
時々《ときどき》ふいに泣《な》きたくなる。
遠《とお》くを見《み》るキミの横顔《よこがお》に、心《こころ》の中《なか》で問《と》いかける。
ねえ、気《き》づいてる？　この気持《きも》ち……。
だけどやっぱり、そんなこと聞《き》けない。
今日《きょう》も、キミの横顔《よこがお》を見《み》つめるだけ。

いつか届《とど》くといいな。……キミに。

片思《かたおも》いからはじまる、
超共感《ちょうきょうかん》♡胸《むね》きゅんストーリー!!

2巻目《かんめ》は、
2016年《ねん》7月《がつ》22日《にち》
発売予定《はつばいよてい》!!

「みらい文庫《ぶんこ》」読者《どくしゃ》のみなさんへ

言葉《ことば》を学《まな》ぶ、感性《かんせい》を磨《みが》く、創造力《そうぞうりょく》を育《はぐく》む……、読書《どくしょ》は「人間力《にんげんりょく》」を高《たか》めるために欠《か》かせません。たった一枚《いちまい》のページをめくる向《む》こう側《がわ》に、未知《みち》の世界《せかい》、ドキドキのみらいが無限《むげん》に広《ひろ》がっている。これこそが「本《ほん》」だけが持《も》っているパワーです。

学校《がっこう》の朝《あさ》の読書《どくしょ》に、休《やす》み時間《じかん》に、放課後《ほうかご》に……。いつでも、どこでも、すぐに続《つづ》きを読《よ》みたくなるような、魅力《みりょく》に溢《あふ》れる本《ほん》をたくさん揃《そろ》えていきたい。読書《どくしょ》がくれる、心《こころ》がきらきらしたり胸《むね》がきゅんとする瞬間《しゅんかん》を体験《たいけん》してほしい、楽《たの》しんでほしい。みらいの日本《にほん》、そして世界《せかい》を担《にな》うみなさんが、やがて大人《おとな》になった時《とき》、「読書《どくしょ》の魅力《みりょく》を初《はじ》めて知《し》った本《ほん》」「自分《じぶん》のおこづかいで初《はじ》めて買《か》った一冊《いっさつ》」と思《おも》い出《だ》してくれるような作品《さくひん》を一所懸命《いっしょけんめい》、大切《たいせつ》に創《つく》っていきたい。

そんないっぱいの想《おも》いを込《こ》めながら、作家《さっか》の先生方《せんせいがた》と一緒《いっしょ》に、私《わたし》たちは素敵《すてき》な本作《ほんづく》りを続《つづ》けていきます。「みらい文庫《ぶんこ》」は、無限《むげん》の宇宙《うちゅう》に浮《う》かぶ星《ほし》のように、夢《ゆめ》をたたえ輝《かがや》きながら、次々《つぎつぎ》と新《あたら》しく生《う》まれ続《つづ》けます。

本《ほん》を持《も》つ、その手《て》の中《なか》に、ドキドキするみらい――。

本《ほん》の宇宙《うちゅう》から、自分《じぶん》だけの健《すこ》やかな空想力《くうそうりょく》を育《そだ》て、〝みらいの星《ほし》〟をたくさん見《み》つけてください。

そして、大切《たいせつ》なこと、大切《たいせつ》な人《ひと》をきちんと守《まも》る、強《つよ》くて、やさしい大人《おとな》になってくれることを心《こころ》から願《ねが》っています。

2011年《ねん》　春《はる》

集英社《しゅうえいしゃ》みらい文庫編集部《ぶんこへんしゅうぶ》